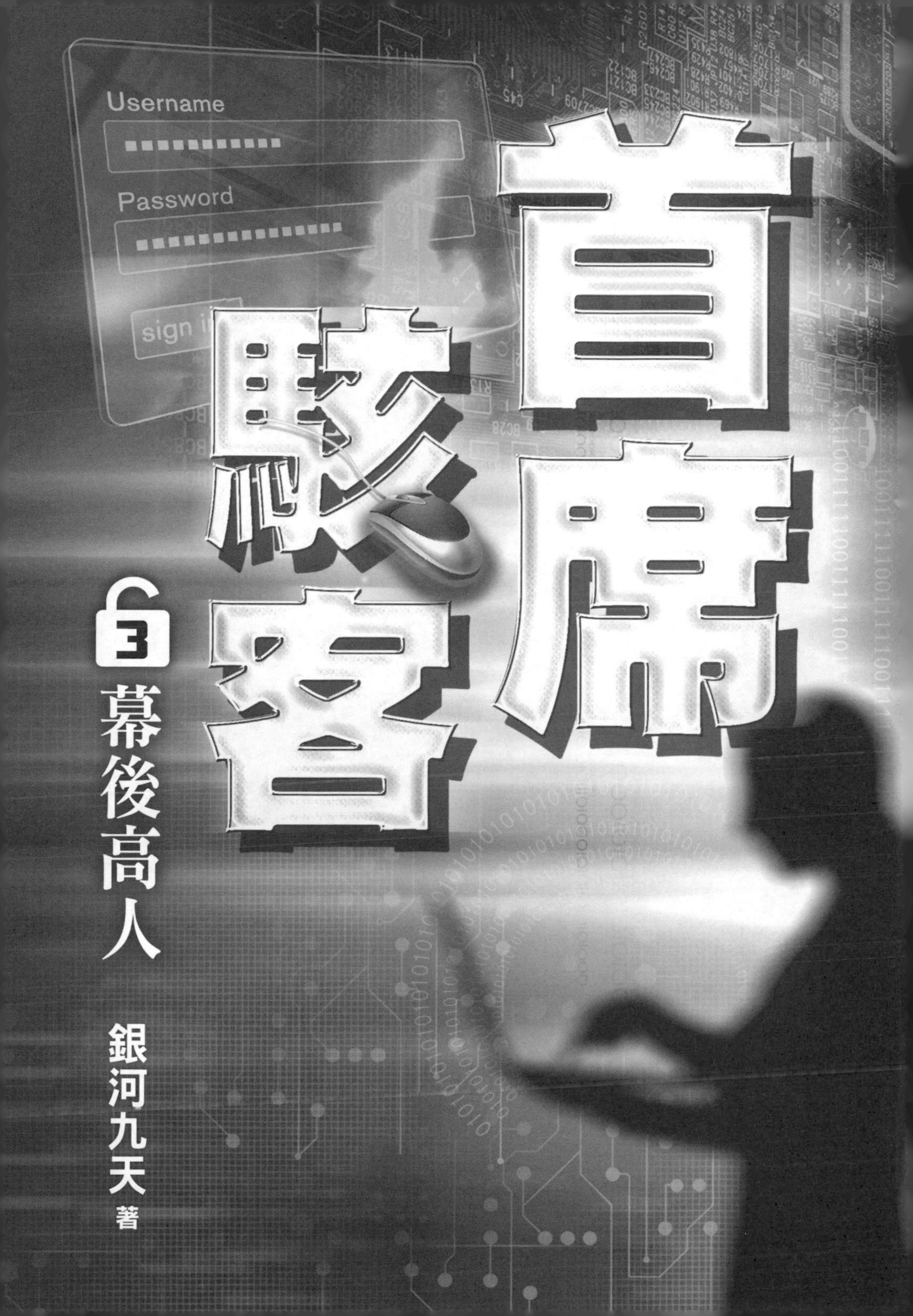
Username
Password
首席駭客
3
幕後高人
銀河九天 著

Contents 目錄

第一章　萬事俱備

劉嘯註冊了一個工作室，又把上次用過的那個「留校察看」的帳號翻了出來，另外將自己那套反病毒的工具全都找了出來，放在電腦最顯眼的位置，現在可以說是萬事俱備，只待wufeiifan放馬過來。

牛蓬恩的公司依然沒有什麼起色，雖然是搬進了天晶大廈，表面上風光無限，進來的人都以為ＮＬＢ大概是個很有實力很有背景的公司，但自海城的網路改造完成後，ＮＬＢ一連幾天都接不到什麼像樣的活。牛蓬恩急得嘴上長泡，把全部的希望都寄託在劉嘯身上了。

「要不就代理RE & KING公司的產品吧！」劉嘯終於鬆了口，他實在是受不了牛蓬恩這樣天天磨自己，自己只是個打工的，公司的決策為什麼非要自己來做決定呢！劉嘯當初之所以會留在ＮＬＢ，是想偷懶放鬆心情，現在看來，這地方也待不長久了。

「這產品能行？」牛蓬恩趕緊問道。

「產品本身沒有問題，絕對是夠安全的，雖然代理這款產品會和國內的軟盟產生一些衝突，但現在海城市府的網路全都採用這款產品，你又認識熊先生，讓他從中給你牽牽線，估計能拿下不少城市的單子。如果成了，今後光是做售後服務，公司也能小有發展。」劉嘯分析道。

牛蓬恩想了想，「照你這麼說，似乎也確實不錯，那我們就和RE & KING的人聯繫一下吧。」

「最近他們的產品出了點瑕疵，正在搞升級，你去聯繫吧，正好借這個瑕疵的事情把代理價格壓一壓，但大概也壓不了多少。」

「那你去聯繫嘛！」牛蓬恩難得露出笑臉，「你英語好，又懂這個技術，你去談最好。」

劉嘯皺眉，「我去談也行，不過，你得答應我一件事情！」

「我全都答應！」牛棚恩大笑。

「談下代理之後，我想離開ＮＬＢ，希望你到時候不要阻攔。」劉嘯說。

「離開？那不行！」牛蓬恩當即跳了起來，「你怎麼能離開呢，現在公司剛剛有了點樣子，正是需要你的時候，你絕對不能走！有什麼條件你可以提嘛！」

「其實這個公司有我沒我根本無關緊要！」劉嘯捏了捏發痛的額頭，「和RE & KING一旦達成協定，他們就會派技術人員過來培訓，協議中也會有技術支援的條款，我這個技術總監根本毫無用武之地。至於資料修復業務，那並不是我的強項，上次不過是湊巧罷了，我們總不能每天都盼著有那樣的病毒爆發吧。如果由ＮＬＢ自己來獨立開發一款安全產品，更是不切實際，安全產品的研發週期很長，而我們的技術儲備遠遠不夠，資金也是個大問題。」

「你是不是要去軟盟？」牛蓬恩盯著劉嘯。

劉嘯苦笑著搖頭，「我給ＮＬＢ引進了RE & KING的產品，你認為我還能去軟盟嗎？」

「那你要去哪裡？」牛蓬恩就奇怪了。

劉嘯繼續搖頭，他還不知道自己要去哪裡，但他知道自己必須得離開ＮＬＢ，不是自己不念舊情，而是自己再待下去沒什麼意思，渾渾噩噩地混下去，遲早要把自己給耽誤了。再者，劉嘯並不覺得自己對ＮＬＢ有所虧欠，即便是真的有虧欠，只要這次幫ＮＬＢ拿下和RE & KING的合作，那也算是償還了，自己這次是冒著得罪軟盟的風險做出的決定，一旦合作促成，自己今後就真的無法再去軟盟了。

牛蓬恩坐到一旁，點著了菸，猛吸幾口，看著劉嘯，「真的決定了？沒得商量？」

「沒得商量！」劉嘯回答地很堅決。

牛蓬恩再吸幾口，把菸掐滅，站起來，「好，我答應你！」底氣十足地說。

但說完，牛蓬恩就有些喪氣，「其實熊老闆早就對我說過，說你絕非池中之物，我這小公司對你來說，確實是池子小了點。我也想趕緊把公司弄大點，上點好項目，也可以讓你有所發揮，但這不是一天兩天就能做到的。現在既然你提出來要走，我也不好再耽誤你，只是希望你將來發達之後，能記得提攜一下咱們NLB。」

劉嘯無語，牛蓬恩這麼說，倒真讓他有些不好意思，悶了半晌，道：「這次真的對不起了，日後有用得著我劉嘯的地方，你儘管開口，我絕不推辭！」

「好，好，有你這句話，我老牛覺得就值了！」看挽留無效，牛蓬恩倒也放開了，哈哈笑著。

「那我現在就去聯繫RE & KING的人！」劉嘯說著，就開始在自己的名片夾裏翻找起來。

劉嘯找到名片，給那個叫Miller的老外打過去。老外一聽說是劉嘯，有些高興，他很感激劉嘯，要不是劉嘯一語驚醒夢中人，他們的產品將來會出什麼問題都很難說，而且，他們的產品此時正好面臨一次嚴峻考驗。駭客襲擊了海城市府的網路，RE & KING的產品在駭客面前形同虛設，現在他們已經從產品的資料記錄上分析出了駭客的方法，想要升級產品，卻不得不先解決升級後，設定被恢復默認的問題。

劉嘯談了ＮＬＢ想要代理那款產品的意向，老外立馬表示會儘快過來和ＮＬＢ進行面談。他認為劉嘯是個高手，所以把產品交給劉嘯的公司他很放心，最重要的是，劉嘯所在的公司似乎很有辦法，他們能夠承接政府的工程，這對推廣自己的產品很有幫助。

「好了，RE & KING的人這一兩天就會過來！」劉嘯放下電話，對牛蓬恩說。

「那就好！那就好！」牛蓬恩連連點頭。

有人敲門，緊接著，公司的櫃臺美眉走進來，「劉總監，外面有人找你。」

「那你讓他直接進來吧！」劉嘯回道。

「好的！」櫃臺美眉關上門出去了。

不一會兒，門被推開，一個人走了進來，笑道：「你好啊，劉嘯。不，是劉總監才對！」

「呀！」劉嘯看清來人，趕緊起身迎了上來，「衛前輩，你好，你好，有失遠迎，趕緊請坐！」

衛剛打量了一下劉嘯的辦公環境，「這裏環境還不錯嘛！」

「見笑見笑！」劉嘯趕緊給一旁的牛蓬恩介紹道，「我給你介紹一下，這位是衛先生，國內反病毒界最權威的專家！」然後指著牛蓬恩道：「這是我們ＮＬＢ的總裁……」

「牛總裁是吧！」衛剛伸出手，「我可是很早就聽說過你了！」上次劉嘯曾解釋過ＮＬＢ的意思，令衛剛記憶猶新。

牛蓬恩知道衛剛的名字，就是衛剛出的那個免費殺毒工具，才壞了ＮＬＢ的資料修復業務嘛，當下他也趕緊伸手，「久仰久仰！」

「衛前輩今天怎麼有空過來？」劉嘯給衛剛倒了杯水，坐到衛剛對面。

「我到海城辦點事情，剛好路過這裏，就順便來看看你！」衛剛呵呵笑著，「怎麼？不歡迎？」

「不會不會！」牛蓬恩搶先說道，「你這樣的高手，能夠到我們這個小公司來，真是令我們蓬華生輝吶！」

劉嘯笑了笑，沒搭話，他可不相信衛剛只是路過。

「上次那病毒事件到現在有一個月了吧！」衛剛問。

「剛好一個月！」劉嘯笑笑，「時間過得真快！」

「你最近有沒有wufeifan的消息？」衛剛又問。

劉嘯搖頭，「我也想把這個傢伙找出來，可惜一點線索都沒有！」

「唔……」衛剛點點頭，從口袋裏掏出一張紙，上面複印了一大段的反編譯代碼，「這是我昨天從一個病毒裏截取到的，你看看！」

劉嘯接過來看了看，有點不解，「這是什麼？」

「轉換過來是一句話，『我馬上就會捲土重來，有本事就來封殺我吧！』」衛剛苦笑搖頭，「這話是針對我說的，這個病毒的製造者就是wufeifan。」

「他露面了？」劉嘯一下站了起來，他沒想到wufeifan會主動跳出來。

衛剛點頭，「是啊，我也沒想到這傢伙會主動露面，看來我們是把他給惹惱了，他應該是對上次的那個病毒抱著很大的希望，想要靠那個病毒搞一把大的，沒想到被我們給封殺了，呵呵。」

「還有什麼消息？」劉嘯問道。

「下個星期，他會放出新的病毒變種，要和我們比試一次！」衛剛看著劉嘯，笑道：「你說怎麼辦？」

劉嘯翹著嘴角，「既然他都要求我們封殺他，那我們自然不能讓他失望！」劉嘯看著衛剛，「衛前輩你說呢？」

衛剛笑呵呵地站了起來，「我看就這麼辦吧！」

牛蓬恩被這兩人奇怪的對話弄懵了，怎麼聽著有點火藥味啊。

劉嘯果然猜對了，衛剛這次來，絕不是簡單地路過。他來說wufeifan的消息不假，但最重要的是，他上次意外失手敗給了劉嘯，心中不服，wufeifan一有消息，他便迫不及待地跑來告訴劉嘯，他想和劉嘯再比試一次。

劉嘯當然瞭解這些技術狂人心裏是怎麼想的，不過他這次沒有謙讓，而是大方地接受了衛剛的挑戰。哼，市府的網路演習我都敢伸一腳，滅個wufeifan，難道我還會怕了嗎？

自從上次的事件後，劉嘯反而更放得開了，那塗禿頭的話著實刺激了他，劉嘯覺得自己之所以沒有發言權，就是因為自己還沒有名氣、沒有威望。同樣的事情，如果當時換成了五大高手提出，估計那禿子就得掂量掂量了。

這也是劉嘯必須離開NLB的一個原因，待在NLB，他永遠都無法出頭。

「咳……」牛蓬恩清清嗓子，笑道：「那個什麼wufeifan的，豈不是死定了麼？」

衛剛也笑了起來，對劉嘯道：「有我們兩人出手，我看wufeifan這次是栽定了。」

「呵呵，就怕那小子只是嘴上耍硬，到時候躲起來不敢露面啊！」劉嘯笑著。

「我看不會！」衛剛擺手，「得，我來就是說這個事，我還有一些事情要辦，就不多待了！」

「我送你，衛前輩！」劉嘯趕緊去前面開門，把衛剛送到了樓下。

「劉嘯！」衛剛突然站住。

「什麼事？」劉嘯有些奇怪。

「你真的決定留在ＮＬＢ？」衛剛覺得有點難以開口，「你可得想清楚啊，今天我看了，覺得ＮＬＢ並不適合你，你很有才華，應該到更適合你的地方去。」

「多謝衛前輩的關心！」劉嘯知道衛剛此話絕對是為自己著想，比試歸比試，交情歸交情，這兩者不能混在一起，「我現在正在考慮這事呢！」

「哦，那就好！」衛剛拍拍劉嘯的肩膀，「我很看好你，如果有什麼需要幫助的，儘管開口。」

「我會的！」劉嘯點頭。

「呵呵！」衛剛笑了起來，「行，那我就走了，記得下個星期的事啊！」

「放心，忘不了！」劉嘯笑笑，送衛剛上車。

看著車子走遠，劉嘯嘆了口氣，感慨道：「可惜吶，最後勝利的只能有一個人。」

Wufeifan這次既然敢公開叫板，自然是有所準備的，這不僅僅是衛剛和劉嘯之間的一場挑戰，同樣也是weifeifan和衛劉二人的比試。誰也不知道最後誰能贏，但贏的只會是一個人，要麼wufeifan贏，要麼衛劉中的一人勝出。

劉嘯回頭仰望高高的天晶大廈，道：「看來我真的得早做準備了。」

劉嘯覺得，和衛剛的比試是自己提升知名度的一次好機會，他不想錯過，所以他在琢磨，要怎樣做才能讓自己在這個圈子裏迅速出人頭地，但同時也不得罪衛剛。畢竟wufeifan才是自己和衛剛的共同對手，自己和衛剛頂多算是切磋，雖要分出勝負，但不能傷了和氣。

這幾天，劉嘯一邊和RE & KING商談合作的具體細節，一邊著手準備自己的事情，他註冊了一個工作室，又把上次用過的那個「留校察看」的帳號翻了出來，另外將自己那套反病毒的工具全都找了出來，放在電腦最顯眼的位置，現在可以說是萬事俱備，只待wufeiifan放馬過來。

劉嘯把ＱＱ上的好友又檢視了一遍，最後嘆了口氣，踏雪無痕今天還是沒有露面，海城網路演習胎死腹中，也不知道那些原本想湊熱鬧的駭客組織都有什麼反應，劉嘯想從踏雪無痕那裏打聽打聽，順便確定一下那駭客組織到底是如何潛入的，但踏雪無痕這幾天一直都沒露面。

劉嘯起身準備關掉電腦休息，此時卻傳來「嘀嘀」的叫聲，有人發來了一條新消息。打開一看，劉嘯差點吐血：

「好久沒有聯繫，還記得我吧。我現在遇到了點困難，手頭有點緊，你能先借我五百塊錢嗎?你把錢匯到這個帳號上吧，xxxxxxxxxxx，先謝謝了。我有錢就馬上還你！」

這種尾巴病毒經常能碰到，除了騙錢，還有騙人去撥打色情電話的，劉嘯想也沒想，就給對方回了一條消息：「哥們，你中毒了，趕緊殺殺毒吧！」

沒想對方很快發來消息，「不是中毒，是我真的遇到困難了，你能幫我嗎？」

劉嘯一看，納了悶，難道自己判斷失誤，這不是病毒？還是說病毒升級了，竟然可以自動回覆消息了？劉嘯坐在電腦前，腦子裏飛快地回想著，他現在確實有點想不起這位「好久不聯繫」的好友是誰了。

翻了翻聊天記錄，劉嘯終於想起來了，這人很早就加到自己的好友裏了，是自己創建駭客網站那時就加進來的，現在要讓劉嘯說出這人到底是做啥的，劉嘯還真說不出，好些年沒聯繫，也不知道他怎麼找上了自己。

劉嘯準備問問那人到底是遇到什麼困難，結果發現那人頭像已經變黑，離線了。劉嘯撓了撓頭，心想：這人跑得也太快了，一看自己不答應幫忙就閃人，真是的。

劉嘯起身關了電腦，往床上一躺準備睡覺，結果手機響了兩聲，來短訊了，劉嘯拿起一看：

「親愛的用戶，你已經成功訂購了××功能，本項功能每月收取服務費三十元。如果你想退訂本功能，可以發送TW00000#TWBW到8X56。」

劉嘯看看發送消息的號碼，前面的幾個數字很眼熟，就是剛才說自己有困難，需要求助的那人的號碼。

「媽的，差點就讓你這孫子給蒙了！」劉嘯從床上坐了起來，看來剛才的那個消息確實是病毒自動發送過來，可惡啊，讓自己差點以為他是真的遇到了困難。

劉嘯罵罵咧咧地又去開了電腦，心想這個病毒也太變態了，除了懇求幫助外，如果QQ號碼和手機被它綁定了，這病毒還會給你的手機發一條短訊，說是讓你退訂，其實是騙你去購買，也是撈錢的。

可惜劉嘯沒有捕獲到這種病毒的樣本，否則他立馬寫一個專殺工具出來。

劉嘯開了電腦，先給剛才那人又發了條消息，「哥們，你這毒真是害人不淺，千萬要記得殺毒。」

等了半天，那人都沒有回音，這證實了劉嘯的猜想，剛才那第二條消息，絕對是病毒自己發過來的。

劉嘯趕緊到終結者論壇發了個帖子，提醒大家，出現了新式尾巴病毒，叫大家提高警覺，嚴防中招。

發完帖子，劉嘯覺得有些不對勁，那人突然上線，又匆匆忙忙離線，難道就是為了讓病毒發這兩條消息嗎？

劉嘯想了半天，也想不明白為什麼會這樣，翻出剛才的資料記錄，把那人的ＩＰ位址記錄了下來。

「唔……，以後或許還能用到！」劉嘯把這個ＩＰ位址添加到自己的備忘錄裏，然後關機睡覺了，反正暫時也想不通。

第二天，劉嘯還在睡覺，手機又響了起來，他這幾天已經不去上班了，除非是RE & KING的人過來。劉嘯從被窩裏探出頭，摸到手機，一看，是藍勝華打來的，趕緊接了。

「喂，劉嘯，我剛才給你公司打電話，說你辭職了？」藍勝華的語氣充滿了興奮。

「是，剛辭！」劉嘯爬出被窩，看外面的太陽已經火紅火紅，他好久沒睡過懶覺了。

「那你現在有什麼打算？」藍勝華趕緊問道。

「覺得上班有點累了！」劉嘯吸了口氣，「我現在註冊了個工作室，準備幹一些自己喜歡的、有挑戰性的事情。」

「工作室？」藍勝華大出意外，他本以為劉嘯一辭職，自己這邊就有希望了呢，沒想到劉嘯又跑去搞什麼工作室了。

「對，工作室！」劉嘯應道。

「你……」藍勝華不知道該說什麼好，「你一個工作室能幹什麼，而且又是剛起步，發揮的空間實在是太小了，你可要想好，不要自己把自己耽誤了。」

「任何事情都是從起步做起的。」劉嘯笑道：「我覺得這樣很好！而且，我也厭倦了給人打工的生活，我想自己闖一闖，駭客圈這麼大，我想我總能闖出一塊屬於自己的地盤吧！」

「你真想自己幹？」藍勝華似乎有些頭疼，他聽出了劉嘯的意思，道：「說實話，憑你的技術，你要想出名，絕對是輕而易舉的，但那沒什麼用，名都是虛的，能有一份實實在在屬於自己的事業，然後能賺到大錢讓你生活無憂，這才是最實在的。我是過來人，這點你要相信我，哪怕你不來我們軟盟，我也希望你去找一家大的公司。」

「藍大哥，謝謝你，你的心意我領了，但這件事我已經決定了！」劉嘯咬咬牙，他不想事情還沒開始就被人勸退，不管如何，劉嘯都覺得要在駭客圈樹立自己的名望，於是他轉移話題，「對了，你今天找我有什麼事？」

「也沒什麼事，就是你上次讓我們測試的那兩款產品，已經測試好了，看你什麼時候過來拿結果！」

劉嘯一拍腦袋，自己怎麼把這事給忘了呢，趕緊道：「我這就讓ＮＬＢ的人過去取。」

「這個事情倒不急！」藍勝華還是不死心，問道：「那你的工作室準備做些什麼？」

「什麼都做！」劉嘯頓了頓，道：「中小型企業或者是私人需要，只要有網路安全問題，別人解決不了的，我全都接。」

「網路疑難雜症？」藍勝華反問，隨即笑道：「想法倒是挺好，但……」

藍勝華話說一半，意思很明顯，他不看好這件事。

劉嘯也跟著笑道：「沒關係，自己開心就行，畢竟這是我喜歡做的事！」

藍勝華只得放棄，道：「行，那我也不說了，祝你順利吧！」

「以後還得藍大哥多多關照！」劉嘯笑道。

「再說吧！」藍勝華有點生氣，「我還有事要處理，就這樣吧！」就掛了電話。

劉嘯撓著頭，自己是有點對不住藍勝華，當初和人家簽了合同，說是畢業就過去上班，雖然合同裏沒說一定要去，但自己後來三番四次的推脫，確實是有點傷藍勝華的心了。

「唉！」劉嘯看著窗外嘆氣，「以後一定找機會把這個人情還上。」劉嘯給牛蓬恩打了個電話，讓他找人去軟盟把測試報告拿回來，順便把測試費付一付。

打完電話，劉嘯還沒來得及去洗臉，衛剛的電話就來了。

「劉嘯，wufeifan出現了，我早上剛剛截獲到他的新病毒樣本，我已經發去你信箱了，現在看你的了！」

「好，我這就去看！」劉嘯把手機往床上一扔，轉身衝到電腦前，「好戲終於要開始了！」

衛剛有自己的抓毒管道，另外，他和全國幾大殺毒軟體廠商都有聯繫，在截獲病毒方面，他絕對要比劉嘯快；不過衛剛也沒占劉嘯便宜，才剛抓到，就把病毒的樣本給劉嘯發來了。

劉嘯打開信箱，看到新郵件，附件裏就是衛剛說的那個病毒樣本了，體積很小，只有二十多K，但劉嘯可不敢小視它的破壞能力，直接將這個病毒下載到自己的虛擬系統之中。

劉嘯打開自己製作的監控器，然後運行了病毒，監控器可以把病毒運作後的一舉一動都記錄下來。

剛一運作，病毒警報器就響了起來，提示有病毒企圖入侵。

「咦？」劉嘯大感意外，電腦上的系統被他設置成了區域網模式，看來這個病毒具有自動探測區域網，然後尋找漏洞伺機進行傳播的功能。

只是自己電腦系統的安全度非常高，系統有的漏洞，不管是公佈的還是未公佈的，只要自己知道的，都打了補丁或是做了防範措施，應該不會給病毒任何侵入的機會，但警報器還是響了，那就是說，病毒利用的是一種劉嘯所不知道的漏洞。

好在電腦的警報器發現了病毒的擴散，否則他的系統要是被感染病毒，那麻煩就大了。劉嘯擦擦頭上的冷汗，心道這個wufeifan還真是有兩下子，他的手裏應該掌握有不少未知的漏洞，一開始就給了自己一個下馬威。

從系統裏把監控器的記錄調出來，劉嘯發現wufeifan的這個病毒和普通病毒並沒有什麼兩樣，甚至破壞力還不如上次的那個拼湊式病毒。

要解決這種病毒其實不難，只要關掉系統的自動播放功能，然後刪除掉DOS下面的自運行檔，並且找到病毒程式，一併刪除，就算是解決了。

但wufeifan可沒有那麼傻，他的病毒程式和那個自運行檔都是隱藏起來的，而且病毒強行修改了系統的設置，讓中毒的用戶無法開啟系統的「查看隱藏檔」功能；就是你知道有病毒，你也看不見、找不到，刪除就更是無從談起了。而且病毒還有自我保護功能，它在後臺和系統的服務進程捆綁在了一起。

做好這些保護自我的工作後，病毒就開始在後臺秘密地下載各種盜密木馬，伺機竊取用戶的機密。如果病毒檢測出被感染的電腦是處於一個區域網之中，那它就會開始檢測區域網內的其他電腦，如果其他電腦上存在病毒散播所利用的那種漏洞，便會被病毒自動感染。一傳十，十傳百，很快就會有很多電腦被感染。

「看來就是這樣了！」劉嘯拍拍腦袋，這病毒還真沒有什麼稀奇的地方，現在只要是個病毒，差不多都有這些功能，唯一能讓劉嘯正眼相看的，就是那個病毒在區域網散播時利用的那個漏洞。但現在劉嘯還暫時顧不上研究那個漏洞，他要做的是趕緊出一個專殺工具，而且要搶在衛剛之前。

好在這種普通的病毒很好清除，他根據自己監控器的記錄，準確找到了病毒隱藏位置，然後設計了一系列的功能，恢復系統正常設置，關閉自動播放功能，最後再一舉清除病毒。

編好代碼，編譯成可執行的程式，劉嘯就迅速到終結者論壇，準備發佈自己的專殺工具。可令他意外的是，論壇裏已經有人放出了殺毒工具，發帖人當然就是衛剛。

論壇裏此時熱鬧非常，國內反病毒界的頭號人物——大俠「風清揚」衛剛，此時突然現身於一個小小的民間反病毒論壇，這遠比衛剛剛剛發佈的那個專殺工具要更為引人關注，大家都在紛紛猜測衛剛此舉的目的何在。

劉嘯苦笑，衛剛這是在向自己示威啊，看來這頭一陣自己算是輸給了衛剛。

不過這也沒什麼奇怪的，衛剛做了多年的反病毒工作，技術已經達到爐火純青的地步，況且wufeifan這個病毒和普通病毒沒什麼兩樣，他在速度上勝出自然是順理成章的事情。

劉嘯撓了撓頭，有點尷尬，不知道自己做的這個專殺工具還要不要發佈，想了半天，劉嘯決定還是不發了，自己主動退一步，就算是這第一陣認輸了。

「沒什麼，這才剛剛開始而已，好戲還在後頭呢，那wufeifan 絕對不會只是這麼一點點能耐！」劉嘯自我解嘲著，他估計wufeifan先放出這個不痛不癢的病毒，不過是想探探深淺罷了。

關了網頁，劉嘯又打開那份監控器記錄，既然已經輸了，自己就好好地研究那個漏洞吧。劉嘯很納悶，沒公佈的系統漏洞，自己掌握得不少，可怎麼就獨獨漏了這一個呢。

劉嘯自己做的那款專殺工具現在終於派上了用場，他清除掉虛擬系統裏的病毒，然後重新打開監控器，又把病毒樣本再次放入了虛擬系統中，這次他要看看病毒到底向自己的真實系統發送了什麼探測消息。

病毒運行後，很快，電腦的警報器又響了。劉嘯終止了監控器的運行，這次得到的資料記錄更為詳細了，劉嘯在裏面仔細找了半天，終於找到了相關資料。

「咦？」劉嘯皺眉看了半天，這是個什麼漏洞呢？對系統功能瞭若指掌的他，竟然也沒能看出病毒發出的刺探消息是在探測系統哪個服務上的漏洞。

無奈之下，劉嘯只好再次清除掉病毒，然後切換到虛擬系統下，給真實系統發了一條和病毒一模一樣的探測消息，很快，劉嘯就得到了回應訊息，但這訊息讓他有點傻眼。回應的是一個外掛程式的序號，後面是製造商和發行商的名字。

「靠！原來是這樣！」劉嘯終於反應了過來，病毒利用的根本就不是系統漏洞，而是網路電視軟體上的漏洞。

劉嘯平時沒什麼愛好，就是喜歡用網路電視看球賽直播，出現漏洞的這個外掛程式，就出自網路電視軟體PP-PLAY，是PP-PLAY為了提高用戶下載速度而自行開發的一款外掛軟體。

「這傢伙真是……」劉嘯不知道該用什麼詞來形容這個wufeifan了，現在微軟修補漏洞的速度提高了很多，發現新的系統漏洞也越來越困難，其中能夠被駭客直接利用的更是少之又少，這wufeifan太聰明了，竟然把目光轉移到那些電腦常備軟體上去了。為了他的一億，wufeifan可真是沒少花心思啊。

兩個小時後，劉嘯再次登上了終結者論壇，發現論壇此時非但沒有冷清下來，反而更熱鬧了。衛剛現身終結者論壇的消息傳出後，引來了不少看熱鬧的，特別是國內的幾大殺毒軟體商。

這幾家軟體商很奇怪，衛剛明明有自己專有的反病毒消息發佈平臺，為什麼要遠遠地跑到民間反病毒論壇來公佈這個專殺工具呢。

這些殺毒軟體商一邊匆匆忙忙地更新了自己產品的病毒庫，一邊守在這個論壇，等待事情的後續發展。

劉嘯一看這陣勢，也不敢太張揚，就在衛剛的屁股後面偷偷摸摸地跟了個帖子，先把衛剛頌揚了一番，說衛剛的技術高超，對病毒的分析十分準確，專殺工具也非常有效，最後才提到了病毒；說病毒還有一個小小地方被忽視了，就是它的自動傳播是利用了一個新的漏洞。

劉嘯在帖子裏直接點名PP-PLAY，他分析了那個外掛軟體產生漏洞的原因以及造成的危害，還放出了自己設計的補丁。

在帖子的末尾，劉嘯還不忘給自己的工作室打廣告：「起點或許有很多，但終點只有一個，快雲工作室，所有安全問題的終結站。」

劉嘯冷不丁地放出這麼個帖子，論壇頓時又炸開了鍋。

其實衛剛說的那個病毒，誰也沒有看到，大家都想見一見來著，但衛剛的專殺工具一出，幾大殺毒軟體又隨後跟上，那病毒的生命就算是被徹底終結了。現在劉嘯冒出來，對病毒又是分析又是解剖的，還把衛剛頌揚了一番，最後的結論卻是說，國內網路電視界的老大PP-PLAY存在嚴重漏洞，論壇上的人哪裡肯信。再加上後面的廣告，大大刺激了大家的神經，於是很多人在劉嘯的帖子裏開罵，說劉嘯這是想出名想瘋了。

這麼一鬧騰，消息很快傳到了PP-PLAY那裏，以往反應遲鈍的PP-PLAY公司，今天卻不知道是抽了什麼風，竟然迅速地在自己的網站首頁發出了一則嚴重聲明，宣稱自己的軟體絕無安全漏洞方面的問題，更不會給用戶造成損失，「留校察看」的帖子純屬造謠誹謗，PP-PLAY公司將保留追究「留校察看」法律責任的權利。

劉嘯很鬱悶，自己已經是夾起尾巴做人了，而且還是做好人，為什麼會被人當作過街老鼠一樣窮追猛打，他真的是想不通。

而在此時，讓劉嘯更加鬱悶的事情發生了，衛剛再次現身終結者論壇，發出帖子聲援「留校察看」，稱病毒確實是利用了PP-PLAY軟體的漏洞進行傳播。

隨後不久，PP-PLAY就刪除了網站上的聲明，改為在官方論壇通知用戶，漏洞確實存在，但絕沒有傳說中的那麼厲害，PP-PLAY將在最短的時間內修正漏洞。

「靠！」劉嘯有些火大，就因為自己是個無名小卒，市府的塗禿頭羞辱了前去善意提醒的自己；就因為自己是個無名小卒，別人的錯誤也能變成自己的罪過。

劉嘯坐在電腦前臉色鐵青，「總有一天，我會讓你們都知道我是誰！」

第二章　綁架名單

劉嘯笑了笑，「只要把這些小工具的名字修改一下就可以運作了！」

熊孩子恍然大悟，「原來是進了綁架名單啊，被綁架了的程式就沒有自由運行的權利了。」

「差不多是這個意思吧！現在知道怎麼辦了？」劉嘯說。

他正鬱悶著，手機又開始響了，劉嘯起身去拿了電話，是衛剛打來的。

「衛前輩，有什麼事嗎？」劉嘯此時有些意興闌珊，忙了一天，又被那些人一搞，確實有些累了。

「也沒有什麼特別的事。」衛剛頓了頓，「唔，我就是想說，那個PP-PLAY的事你不要太在意，那些人就是這樣，不見棺材不掉淚。」

輕笑幾聲之後，衛剛繼續說道：「不過，我發現你真是不簡單，不光是在反病毒方面厲害，你還能在那麼短的時間內就做出了漏洞的第三方補丁，確實是讓我佩服不已。」

劉嘯客氣說，「衛前輩能在極其短的時間內做出專殺工具，更是讓我心服口服。」

衛剛笑道：「那是我的飯碗，我就是靠這個行當吃飯的，能不快麼。」

「我能問個問題嗎？」劉嘯頓了頓，問道：「今天你為什麼要到終結者論壇去公佈這個專殺工具？」

「那我也問你一個問題吧！」衛剛沒有回答劉嘯的問題，「你怎麼看這次我們兩人和wufeifan之間的比試？」

劉嘯愣了片刻，不知道衛剛這話是什麼意思。

衛剛繼續說道：「我認為這不過是我們兩人和wufeifan之間的一次私人較量罷了，不是嗎？」

劉嘯還是沒能明白衛剛的意思。

「如果我只是在一個民間的反病毒平臺去公佈這個專殺工具，那它就是一次私人較量，否則，我只要在自己的專有平臺發佈，那性質就變了，我大公無私地向一個新病毒開炮，其他殺毒廠商會隨後跟上，隨之演變成一場正義對邪惡的圍剿。」衛剛嘆了口氣，「病毒和反病毒的比試，是一件非常危險的事情，我不想刺激那個wufeifan，一旦他發了狠，覺得我們是仗著人多來對付他，那他什麼事情都可能會做出來，鬧不好就是一次病毒危機。」

「是這樣啊！」劉嘯終於明白了衛剛的心思，看來衛剛反病毒多年，一定是沒少碰到過此類事件，因此思考事情要遠比劉嘯全面周密。

衛剛嘆了口氣，「可惜啊，我這麼做本來是不想讓那些殺毒軟體廠商摻合進來，結果他們還是硬攪了進來，現在事情有點麻煩了。」

「衛前輩這話是什麼意思？」劉嘯又有些不懂了。

「wufeifan放出來試探的病毒，還沒發作就已經被各大軟體廠商聯合起來給扼殺了，換了是你，你能舒服嗎？」衛剛反問道：「如果我沒有猜錯的話，wufeifan的第二個病毒很快就會放出來，而且他這次的攻擊目標應該是那些殺毒軟體。」

劉嘯大感意外，不過細細一想，或許衛剛的猜測搞不好是對的，換了是自己，自己也會嫌那些殺毒軟體礙事，「那我們現在怎麼辦？」

「見招拆招吧，比試才剛剛開始！」衛剛的口氣很輕鬆，不過也囑咐道：「只是我們下次的反應速度必須要更快一些，否則wufeifan的病毒一旦發作起來，就不好收拾了。」

「好，我知道了！」劉嘯說，「我就按照衛前輩的猜測先做好準備。」

衛剛又說，「對了，我看見你的帖子竟然還有一個工作室的廣告，怎麼回事？」

「我離開NLB了，現在自己成立了一個工作室！」劉嘯自我解嘲：「剛好趁著這機會宣傳宣傳嘛。」

衛剛笑道：「其實自己單幹也不錯，能增加不少歷練，好好幹吧。唔，如果沒有其他什麼事，我就先掛了，我還得去通知那些殺毒軟體商，給他們提醒一下，免得到時候被wufeifan殺個措手不及。」

劉嘯掛了電話後，心裏頓時舒服不少，之前的悶氣也舒緩了很多，衛剛是他接觸過的高手中，唯一一個沒有架子的人，而且睿智英明，也不會像藍勝華那樣，總是勸自己去做這個那個的，這讓劉嘯覺得衛剛和他的外號「大俠風清揚」很相配。

伸了個懶腰，劉嘯突然感覺肚子有點餓，心裏不禁又把wufeifan咒罵了一番，自己這一天的時間，都讓那個廢柴病毒給折騰光了，連口飯都沒吃，還生了一肚子的氣。劉嘯匆匆洗了把臉，揣上手機出門覓食去了。

第二天一大早，劉嘯準備出門。有了昨天的病毒驚魂事件，劉嘯覺得自己還是再買一台電腦備用比較好，萬一wufeifan手裏還有什麼新的病毒，到時候自己的系統統統被感染，那就很麻煩了。

劉嘯揣上了上次熊老闆給的卡，這卡拿回來很多天了，他也沒用過，出門找了台ATM機器查詢了一下餘額，劉嘯立時傻掉，趕緊四處看了一下，確定周圍沒人看到，這才鬆了口氣。卡裡竟然有整整一百萬，這是劉嘯這輩子見過的最大一筆錢了。

將卡收好，劉嘯趕緊給熊老闆打了個電話。

「熊先生，你上次給我的卡裏有多少錢？」

「什麼熊先生，你叫我熊哥就可以了！」熊老闆很不滿劉嘯的叫法，又叮囑了一遍，然後才道：「怎麼，卡有問題？」

「卡倒是沒問題，我只是想確認一下卡裏有多少錢。」

「我也沒看過啊！」熊老闆沉吟了一會兒道：「不過以他們的一貫作風，還有從上次你給他們解決掉的那病毒的嚴重程度來看，應該會有個七八十萬吧。」

「卡裏有一百萬！」劉嘯答道。

「哦，這還差不多！」熊老闆對這個數字很滿意，「怎麼，你覺得少了？」

「不是少了，是多了！」劉嘯心道：我上次幫張小花揪出邪劍，張小花給了一萬，當時只覺得那錢像是天上掉下來的，沒想到還有更猛的，一砸就是一百萬，殺毒真能賺這麼多錢？劉嘯不禁有些困惑。

「真是的，給你你就拿著吧，我還沒見過你這種人，竟然嫌錢多，哈哈！」熊老闆笑了起來。

劉嘯無語，此時他聽熊老闆那頭的聲音有些亂，似乎熊老闆和什麼人在說著什麼，看來他很忙，劉嘯就想掛了電話。

剛要開口，熊老闆卻說話了，「劉嘯你等等，我家那熊孩子要跟你說兩句，好像是有什麼事。」熊老闆在電話那邊笑呵呵地招呼自己的孩子，「快點，你劉嘯叔叔等著呢。」

不一會，電話裏傳來熊孩子的聲音，「劉……劉叔叔，我有件事……有件事想請你幫忙！」

劉嘯還沒開口呢，就聽熊老闆又開始訓上了，「你劉嘯叔叔又不是外人，有事說就行了，吞吞吐吐幹啥！」

劉嘯急忙道：「嗯，有事說就行了，不用這麼客氣。」

熊孩子又支吾了半天，然後以非常快的速度說道：「我們學校電腦的伺服器讓我給弄壞了！」

聲音很低，劉嘯差點就沒聽清楚。

那邊熊老闆倒是聽清楚了，道：「你呀，整天就知道給我惹事，壞了就對我說唄，怎麼還非要跟你劉嘯叔叔說呢。」

那熊孩子急了，「不是那種壞，要是你能弄好，我不早就跟你說了，你不知道情況就少說兩句！」

劉嘯趕緊說：「別急別急，你先說說看，那電腦是怎麼壞的！」

「電腦中毒了，老當機，我是我們學校電腦小組的組長，就……就跑過去修，結果給……」熊孩子又開始吞吞吐吐。

「哈，你是不是把瘸子給治成殘廢了？」劉嘯笑說，八成是這孩子自告奮勇去殺毒，結果越殺越嚴重了。

「是……」熊孩子有些不好意思，「你過去幫我看看吧，我是組長，要是連這都弄不好，傳出去會被同學笑話的，很沒面子。」

「行！」劉嘯笑著，「那一會兒在哪兒見？是直接去你們學校？」

熊老闆搶過電話，「劉嘯，你現在在哪兒，我讓司機過去接你。真是不好意思，孩子的事又得麻煩你了。」

「這麼客氣幹什麼，這事他不找我還能找誰啊！」劉嘯頓了頓，「我現在正要去電子城呢，準備買台新電腦，要不，我們一會兒在電子城會合吧？」

「不用了，你就說你在哪兒就好了，我過去接你，電腦我隨後讓人給你送到家裏！」熊老闆懶得那麼麻煩了。

劉嘯無奈道：「那我就在我家樓下等你們，司機上次來過的，應該能找到！」

「好，那我們這就過去找你！」熊老闆說完掛了電話，他最關心的就是他孩子的事，始終把兒子放在第一位。

不到半小時，劉嘯就看見熊老闆的那輛車很拉風地開了過來。

車子停穩，熊老闆探出頭，「劉嘯，上車！」

一行人調轉車頭，直奔熊孩子的學校。

劉嘯本以為熊老闆這麼重視兒子的學業，一定會把他兒子送到什麼貴族學校，或者是國際學校去讀書，結果到了之後才發現，只是一所普通學校而已。

熊孩子在前面帶路，到了一旁的科技大樓，直奔頂層，然後掏出一把鑰匙，打開了一個房間，眾人進來，熊孩子已經把屋裏的一台電腦打開了。

「就是這台電腦！」熊孩子指著電腦，「這是我們學校網站的伺服器，一直是由學校的電腦小組負責維護和更新。前天它中了毒，我殺來殺去殺不掉，後來乾脆重灌，結果病毒還在，現在開機什麼防護措施都沒有，而且維持不了多少時間就會當機，重要的驅動程式都沒法裝。」

「行，我看看！」劉嘯看電腦正在啟動，「你再說說，你當時是怎麼殺毒的！」

熊孩子又不好意思了，「其實……其實也沒怎麼殺。」

「嗯？」劉嘯有些納悶。

「中毒之後，伺服器上的殺毒軟體就無法啟動了，我帶了隨身碟來。隨身碟上有很多我自己常備的殺毒軟體，結果不管是在隨身碟上運行，還是把程式複製到電腦上，系統都顯示『找不到檔案』！」熊孩子有些鬱悶，「可那殺毒檔案明明就在我的眼皮子底下，我怎麼操作，它都說『找不到檔案』。」

「你的隨身碟呢？帶來沒有？」劉嘯問。

熊孩子在口袋裏一翻，把隨身碟掏了出來，遞給劉嘯，「真是太詭異了，我以前從沒碰到過這麼詭異的病毒，心急之下，就把系統給重灌了，可沒想……」

劉嘯笑了笑，「好了，別自責了，不是有句話嗎？叫『道高一尺，魔高一丈』，現在的病毒真是越來越厲害了！」

劉嘯說完，把隨身碟插到了電腦上，此時，他看見病毒正在不斷地彈出一個對話視窗，這就是當機的原因了，這麼無限制的彈下去，系統的資源遲早會被吃光，而且彈得很快，手動關閉肯定是來不及的。

劉嘯暫時撇開那些彈出的視窗不管，直接打開隨身碟，掃了一眼，道：「你的工具倒是挺齊全啊，什麼都有。」

熊孩子笑了笑，沒說話。

劉嘯挑中了一款體積很小的工具，這款工具雖小，但功能卻很強大，在網上非常流行，幾乎一般的菜鳥駭客都備有一份。劉嘯點擊後，果然，系統彈出了一個視窗，「你所運作的檔案找不到！」

「就是這個樣子！」熊孩子走上前來，「你看，檔案明明就在這裏，可是不管怎麼運作，都顯示找不到。」

劉嘯笑了笑，道：「知道要怎麼讓這工具運作嗎？」

熊孩子搖頭。劉嘯給那款工具改了一個名字，名字很怪，毫無規則，像是隨意敲上去的幾個隨機字母，但劉嘯再點擊，奇蹟就發生了，工具竟然成功地運行了起來。

看著熟悉的介面，熊孩子有些激動，「這是怎麼回事？怎麼會這樣？」

「這個病毒利用的其實是一種視窗系統自有的技術，叫做映象劫持技術。照這個情況看，我猜它是把所有的殺毒軟體、防火牆，還有網上比較常見的那些安全工具全都給劫持了，普通情況下，被劫持了程式就無法運行了；要是再進一步，病毒還會把這些被劫持程式的位置指向一個根本就不存在的地方，所以程式運行之後，自然就會提示無法找到了。」劉嘯笑了笑，「只要把這些小工具的名字修改一下，病毒的劫持名單上沒有，自然就可以運作了！」

熊孩子恍然大悟，「原來是進了綁架名單啊，被綁架了的程式，就沒有自由運行的權利了。」

「差不多是這個意思吧！」劉嘯笑了笑，「現在知道怎麼辦了？」

熊孩子學乖了，「劉叔叔你做，我看著。」

「好！」劉嘯點頭，回到剛才運行的那款小工具上，這是一個進程管理工具，劉嘯很快找到了那個不斷彈出視窗的進程，然後將這個進程暫停運行，現在，那些彈出視窗不再增加了。

劉嘯把已經彈出來的那些視窗統統關掉，又在進程裏找了找，隨後鎖定幾個程式，估計這就是病毒的主程序了，劉嘯切換到病毒所在的檔案夾下，將病毒程式強制刪除掉。

現在系統的註冊表也可以打開了，劉嘯打開註冊表，找到映象劫持的目錄，他怕熊孩子看不懂，還特別提醒了一下，「這裏就是病毒的綁架名單了，所有被病毒劫持的程式的名字，都在這裏。」

劉嘯挨個找下去，將病毒修改的註冊表名目一一刪除。

幾分鐘後，劉嘯離開電腦，拍了拍手，「上去看看吧，看效果如何？」

熊孩子趴在電腦前檢查了半天，發現沒問題，他不放心，又操作了自己隨身碟上的一款殺毒軟體，也沒有發現病毒。

「劉叔叔你真是太厲害了，就這麼幾下子便把那病毒給徹底搞定了，我服了！」熊孩子朝劉嘯豎著大拇指。

「你趕緊把該裝的程式都裝上吧，殺毒軟體選一款好的，以後要經常更新病毒庫！」劉嘯囑咐道。

「沒用！」熊孩子一邊裝程式一邊嘟囔，「殺毒軟體設置的病毒庫是自動更新的，不也中毒了嗎，關鍵是得有你那樣好的技術，這樣就什麼病毒都不怕了。」

熊孩子的話提醒了劉嘯，新病毒的出現，永遠都要比殺毒軟體的病毒庫更新要快一些，如果殺毒軟體的病毒庫不更新，難道電腦用戶就只能等著被病毒感染了嗎？

劉嘯想了想，道：「想不想再學一招？」

熊孩子趕緊點頭，「想！」

劉嘯回到電腦前，劈哩啪啦地敲了起來，嘴上說道：「慕容復知道吧？他有個絕技，叫做『以其人之道，還制其人之身』，既然病毒可以利用映象劫持技術來綁架我們的程式，那我們同樣也可以去綁架病毒！」

劉嘯站起身，指著自己寫好的那個註冊表批次檔案，對熊孩子說道：「看懂了嗎？」

熊孩子興奮不已，「看懂了，以毒攻毒嘛，現在換病毒無法運行了。」

熊孩子今天學到了不少反病毒的知識，所以興致一下就起來了，趴在電腦前幹勁十足，該裝的、不該裝的他都給裝上，最後再把學校的網站伺服器架設好，就算是大功告成了，他自己闖的禍也補救了回來。

出了學校大門，熊孩子還很興奮，「劉叔叔，你的技術都是怎麼學的？太厲害了！」

「人外有人，天外有天！」熊老闆拍了一把自己兒子，「現在你小子不敢再猖狂了吧！」

劉嘯笑笑，「也沒什麼訣竅，就是多鑽研，多練習，基礎的東西很重要。」

熊孩子嘆了口氣，「唉……，我什麼時候才能有你那麼好的技術啊！」

「會的！」劉嘯拍拍他的肩膀，「你還年輕，只要你把自己的心放踏實，就能學好，或許將來比我還要厲害！」

「劉嘯，你現在有事沒？」熊老闆看事情已經了結，便道：「沒事的話，就去家裏吃頓飯吧！」

劉嘯笑著推辭，「不行，這幾天事情比較多，我的工作室不是剛開張嘛！」

熊老闆拍了拍腦門，「對，大牛跟我說過，說你已經辭職了。」熊老闆頓了頓，「辭了也好，他那個公司，我看也沒什麼大的發展前途。」

「我這也是小試一下，就是能做一些自己喜歡做的事！」劉嘯笑著。

「行，那你有事的話，我這就讓司機送你回去。」熊老闆想起一件事，「對了，還有那個電腦，我已經幫你聯繫過了，估計這會兒應該送到你家了。」

劉嘯大汗，也不敢耽擱了，「那我就先回去了。」

一行人上車，司機先繞道把劉嘯送回住的地方，然後送熊氏父子回家。熊老闆還不忘囑咐劉嘯，有空一定要來吃飯。

劉嘯上樓，果然，門口堆放著幾個箱子，一看就知道裏面是電腦。送電腦的人看見劉嘯直奔門口而來，趕緊問道：「請問，你就是劉嘯先生吧？」

劉嘯點頭，忙招呼道：「不好意思，剛才有事出門，讓你久等了，進屋喝口水吧！」

「不了，不了！」那人說，「出門前我們老板特別囑咐了，讓我一定要把貨親自送到你的手裏！」

「麻煩你了！」劉嘯開了門，和送貨員一起把電腦搬了進去，然後去取錢。

沒想那人道：「電腦的錢已經有人付過了。」

劉嘯再汗，肯定是熊老闆給付了，看來這殺毒的買賣還真是不錯，自己只是過去幫個忙，熊老闆就送自己一台最新款的電腦，這買賣真是沒得說，賺啊！劉嘯只好再次向那送貨員道謝。

安裝電腦的過程對劉嘯來說是輕車熟路，開機後，劉嘯把自己常用的那些工具往這台新電腦裏拷貝了一份。

回到原來的那台電腦，劉嘯打開ＱＱ，發現有一條留言，是那天那個中了尾巴病毒的人發過來的。劉嘯暗自嘀咕：

「這廝又上線了，希望這次他不是又發那種騙財的消息，如果是的話，自己今天心情好，說不定還真匯錢了呢。」

打開一看，劉嘯又吐了血，「我不是中毒，而是ＱＱ號碼被盜了，今天剛剛找回來。對了，哥們，你是哪位？我的聊天記錄也丟了，一時還真想不起你是誰。」

劉嘯不知道該怎麼回覆這位「哥們」，不過有件事他覺得有點奇怪，當初他以為對方的消息是尾巴病毒發過來的，現在這傢伙卻說是自己的帳號被盜了，如果是這樣的話，那就是說，盜帳號的人把號碼盜取了之後，又把號碼在已經中了尾巴病毒的電腦上登入，等騙錢的消息發出後，又立刻下線。

「難道說，盜號人的目的就是為了發那些騙錢的消息和短信？」劉嘯此時有點理順了其中的關係，心中也被自己的這個推測給嚇了一跳。

對於那些盜取號碼的人，劉嘯一向是嗤之以鼻的，一點技術含量都沒有，而且他還有些想不通，一個ＱＱ號碼，只是用來聯絡的工具，盜取之後能用來幹什麼呢？只能讓別人痛苦一下，自己一點好處都得不到。劉嘯極端鄙視這些損人不利已的人，現在，他終於是回過味來了。

那些人盜取號碼的目的並不在號碼本身，而是要利用那些號碼上的好友資源進行錢財的詐騙。如果真是這樣，那就真的太可怕了。

劉嘯此時也知道為什麼那些尾巴病毒會越來越氾濫了，原來這裏面有利可圖，而且很有可能是暴利。

劉嘯很氣憤，也有些不平，「君子愛財，取之有道。」就算想要賺取大把的鈔票，至少也要弄出點有水準的事啊。那些非常有才華又有能力的程式工程師，趴在電腦前辛辛苦苦設計出優秀的軟體，才能拿到幾千塊薪水，這些無恥的人卻用絲毫沒有技術含量的辦法去盜取，然後利用大家的同情心和心理弱勢進行令人噁心的詐騙勾當，他們一天騙取的錢財可能就是普通程式師一年的收入，甚至更多。

劉嘯是真的生氣了，他想把那些盜號騙錢的人揪出來痛扁一頓；他想狠狠地去罵那些人，他覺得這太不公平了。難道說那些程式工程師的水準比盜號者低嗎？難道說那些程式工程師就設計不出盜取軟體嗎？還是他們真的太傻，不知道這其中有暴利可圖？

但是那些程式工程師依然堅守在道德的一方時，這些可惡的竊賊卻在詐騙錢財，享受著靠詐騙獲取的豐厚回報，或許他們還會嘲笑那些工程師們的傻勁呢。

「媽的！」劉嘯大罵一句，心中極度不爽，「老子和你們拼了！」

劉嘯翻出自己的備忘錄，備忘錄的最後一條，就是上次那個詐騙的ＩＰ位址，劉嘯此時不得不佩服自己有先見之明，他把對方的ＩＰ位址給記錄了下來。劉嘯發誓，不管有多難，這次都要把這幫無恥之徒給挖出來，不然都對不起自己了。

劉嘯把這個ＩＰ位址輸入資料庫進行定位，結果顯示這個ＩＰ位址來自三羊市。

「奶奶的！這三羊市都快成土匪窩了。」劉嘯氣得牙癢癢，上次是吳越家族那幫土匪，現在又是一幫不知道名號的盜賊，怎麼這些事都跟三羊市有關啊，難道這網路盜匪是三羊市的特產不成？

劉嘯調出探測工具，準備對這個ＩＰ進行掃描，此時信箱卻彈出一個提示，「你有一封新的郵件，來自衛剛！」劉嘯撓頭，只得暫時放棄，打開信箱，只見信件標題是「wufeifan的新病毒」。

「早不來晚不來！靠！」劉嘯發著牢騷，還沒說完，手機響了，是衛剛的短信，「新病毒已發送至你的E-MAIL。」

事情再多，也只能挑一頭，劉嘯只好把那盜號的傢伙扔到一邊，反正自己遲早會收拾這傢伙的。

他把虛擬系統中的監控器打開，然後把病毒樣本下載了下來。運作之後，劉嘯的電腦系統沒有再報警，也不知道是這次的病毒沒有再利用新的漏洞散播，還是已經散播了，只是劉嘯的病毒警報器沒發現?!

劉嘯趕緊把監控器的記錄調了出來，一看樂了，還真讓衛剛給猜中了，wufeifan這個新病毒果真是對殺毒軟體下了手，記錄中一長串記錄，顯示病毒把現有幾乎所能找到的殺毒軟體全部給遮蔽了，而且還包括各種安全小工具和系統自帶的管理工具。湊巧的是，wufeifan使用的技術剛好就是映象劫持技術。

「這不是撞到了槍口上嘛！」劉嘯今天剛解決了一個類似的病毒，現在wufeifan又搞出這種病毒，那還不是找死嗎？劉嘯二話不說，在虛擬系統中找到了病毒的進程，然後把它記住。

回頭寫好一個批次檔案，劉嘯把它放到熊老闆送自己的新電腦裏運行，這樣就把病毒的進程添加到了新電腦的映象劫持名單裏了。

劉嘯重新打開信箱，把病毒程式下載到這台新電腦裏，點擊後，電腦一點動靜都沒有，看來病毒程式沒有運作，這也就是說，這個病毒的名字是死的，它已經被成功地綁架了。

劉嘯登上了終結者論壇，發了個帖子，帖子裏沒什麼實際的內容，只說網路上新冒出一個新病毒，會破壞現有的各種殺毒軟體，然後附了一個檔案，提醒大家下載後運行，可以防止被這個病毒感染到。此時距離衛剛給劉嘯發短信，時間僅僅過去了不到三分鐘，劉嘯這次是神速了。

論壇裏看到這個帖子的人都有些莫名其妙，這不就是昨天那個傢伙嗎，眾人心道這人是不是真瘋了，昨天是毫無根據地說PP-PLAY有漏洞，導致病毒肆意傳播，好在後來大俠風清揚出來給他做了證。怎麼今天又說冒出了新病毒，還讓大家下載他的工具提前預防。

好在這次沒人敢直接開罵，大家都變得慎重了，等著看大俠風清揚是不是還會再次出來給這小子作證，等確定了大俠風清揚不出現，自己再罵也不遲嘛。

那邊劉嘯卻樂了，雖然這次有點取巧，但自己總算是跑在衛剛前面了。

劉嘯再看著自己發在論壇裏的帖子，突然又覺得這帖子不像是一個嚴謹的技術人員發出的帖子，不禁自言自語道：「唔，是有點心急了，衛剛不會因此對自己有什麼看法吧！」

沉吟了半天之後，劉嘯看帖子的後面沒人跟帖，決定趁人還沒注意把帖子刪掉，自己要贏衛剛也要贏得光彩一些，靠取巧超過衛剛沒什麼意思，更不能讓人心服口服。想到這裏，劉嘯就把自己的帖子給刪除了。

劉嘯剛一刪除，論壇上就冒出新的帖子，是衛剛發出的。他在帖子裏對新病毒做了全面分析，公佈了手工清除病毒的辦法，還說與之相關的專殺工具正在設計製作之中，隨後會放出，在專殺工具沒放出之前，他提醒大家可以下載「留校察看」製作的工具，防止被病毒感染。

那些守在論壇的人開始慶幸自己沒有提前開炮，不然又要鬧出昨天的笑話了，可等他們回過身來想去找「留校察看」的帖子，卻發現那帖子消失了。

「怎麼回事？」看熱鬧的人都想知道真相。論壇裏又炸了鍋，鬧到最後，出現了讓劉嘯哭笑不得的一幕，有人把帖子消失的罪過歸結到論壇管理員那裏，認為是管理員刪掉了帖子，隨即在論壇裏向管理員開炮：

「你們這種行為是徹頭徹尾的法西斯，怎麼能因為『留校察看』沒有名氣就可以隨意刪掉人家的帖子？如果那病毒真的發作了，你們就是最大的罪人。」這些本來準備向劉嘯開炮的人搖身一變，現在反而為劉嘯伸張起了「正義」，有人在論壇發起倡議，堅決要為「留校察看」討回公道，湊熱鬧的人越來越多。

事情越鬧越大，劉嘯都顧不上研究病毒了，趕緊又發了個帖子，說之前的帖子是自己刪的，因為覺得那帖子不夠嚴謹，不夠慎重，沒有說服力，所以刪掉準備重新編輯後發表。

有些人信了，但有一部分人正鬧得起勁呢，哪裡肯信這話，立刻發出聲援帖，說：「『留校察看』你不要害怕，不要懾於某些人的淫威就把罪過往自己身上攬，你這是在縱容壞人，我們絕對會支持你的。」

眾人這一番鬧騰，就連衛剛放出來的專殺工具都被洗版了，後來還是管理員發現，趕緊又給置頂了回來。

劉嘯看著這些帖子直頭疼，「媽的！」劉嘯咒罵一句，自己現在可算是出名了，不過卻不是什麼好名，搞得劉嘯一陣心煩，長吁短嘆：「事實的真相，怎麼就這麼難讓人相信呢！」

第三章　未來終結者

帖子是一個叫做「未來終結者」的ID發的，帖子的內容一看就是wufeifan寫的，他在帖子裏公然和殺毒軟體廠商叫板，説是下次如果哪個殺毒軟體再封殺他的病毒，他就封殺這個殺毒軟體，口氣狂妄至極。

雖然衛剛早已提醒過那些殺毒軟體的廠商，但wufeifan這次的目的，就是要讓這些殺毒軟體吃點苦頭，好讓他們不要插手自己和衛剛之間的比試，所以病毒還是在一些地區小規模地爆發了。

一天之內接到眾多用戶的投訴和求助，這讓幾大殺毒軟體商有些惱火，一個不知名的小病毒設計者，居然敢同時向國內的幾大反病毒龍頭企業發出挑釁和威脅，這次要不把他給修理了，以後是人都敢這麼做，自己這反病毒的生意還要不要做了?!

衛剛的提醒被他們當作了耳邊風，幾大殺毒軟體商幾乎在同一時間各自推出了病毒的專殺工具，完成病毒庫的升級，並且發佈病毒專題預警，要極力打擊這個小病毒，還要以技術手段來追查病毒的源頭。

這也算是他們對wufeifan挑釁行為做出的回應。至此，wufeifan的第二個病毒也在圍剿中銷聲匿跡了。

一連好幾天，wufeifan的新病毒都沒有再出現，劉嘯有點坐不住了，自己還指望靠這次的病毒比試建立點知名度呢，現在幾大殺毒軟體高調對付wufeifan，事情炒得火熱，正是自己大展身手的好機會，劉嘯可不想wufeifan這麼快就打退堂鼓。

再說，wufeifan的這兩個病毒簡直是一點難度都沒有，劉嘯幾乎是不費吹灰之力就能搞定這兩個病毒，這讓他感覺很不過癮，難道wufeifan就只是這兩下子水準了嗎？

「靠！不會是真的黔驢技窮了吧？」劉嘯決定給衛剛打個電話問一下，自己不能整天守在電腦前候著吧，要是wufeifan真的不再露面了，那自己就得想別的招來擴大工作室的名氣。

劉嘯翻出手機，撥了過去。

「劉嘯，有事嗎？」衛剛有點意外，這是劉嘯第一次主動打電話過來。

「衛前輩，這幾天wufeifan一直都沒動靜，是不是認輸了啊？」劉嘯問。

「你這麼看？」衛剛反問。

「我也抓不準，所以來請教你。」

衛剛沉吟了一下，「我倒覺得wufeifan這是在積蓄力量，他放出的這兩個病毒，技術含量甚至還比不上之前的那個拼湊式病毒，我看他沒有使出全力，第一次是試探我們的反應能力，第二次是在警告殺毒軟體，我看這第三次，他是要拿出真實水準了。」

「我一開始也這麼認為，但這傢伙一連好幾天不出手，讓我覺得有些奇怪！」劉嘯頓了頓，「按照這傢伙以前的風格，吃了虧之後，他肯定會立刻反撲，絕對不會隱忍這麼久的。」

「我擔心的正是這點！」衛剛電話裏嘆了口氣，「能讓一個睚眥必報的人忍上這麼幾天，就說明他對自己的下次出手有十足的把握，說不定他現在正在安排籌畫下次的出手，我現在已經安排人手二十四小時值班。」

衛剛頓了頓，又說：「我很擔心一旦我們到時候無法迅速控制住wufeifan的病毒，那我們之間的比試就會變成一場巨大的病毒風暴，真正受到損失的還是那些互聯網用戶。」

劉嘯也皺了皺眉，不過，他倒不認為自己到時候會控制不住wufeifan的病毒，說到底，病毒也就那麼幾個特性而已，難道wufeifan還能把病毒玩出花來不成。

「那衛前輩猜測wufeifan這次病毒攻擊的目標會是什麼？」

「這很難說了！」衛剛不敢亂說。

「會不會還是那些殺毒軟體呢？」劉嘯分析道：「按照wufeifan的性格，他能夠提前給那些殺毒軟體打招呼已經實屬難得，而這些殺毒軟體現在卻高調炒作此事，我看……」

「你說的也有道理！」衛剛嘆氣，「我已經勸過那些殺毒軟體商了，說這只是一次私人切磋，不要讓他們摻合，可他們就是太衝動了！」

「我看衛前輩也不用太擔心了。」劉嘯笑了起來，「現在這些廠商造出這麼大的聲勢，說不定還真把wufeifan給嚇住了，不敢露面了呢！」

衛剛也笑了起來，劉嘯的這個說法還真有可能，「但願是這樣吧！」

看來從衛剛這裏也得不到什麼實質性的消息，劉嘯掛了電話，wufeifan不露面，自己也不能逼著他露面，看來這事暫時就只能這樣了。

抽過身來，劉嘯準備去繼續追蹤那個盜取號碼的傢伙，這幾天他一直沒閒著，通過那個IP位址，劉嘯追蹤到了一家網站，是個專門販賣QQ號碼的網站，上面掛了不下一千個號碼，明碼標價出售。

網站不止這一個業務，還幫人破解密碼，根據密碼的難易程度來收費；還有一個訂製QQ號碼的服務，你隨便說一個自己想要的號碼，網站就可以幫你去張羅，成功之後，一手交錢，一手交號。說白了，就是幫你去盜取帳號。劉嘯看了看交易記錄，發現還真有很多人來買，大多都是那些生日、手機、電話號碼相近的號碼。

劉嘯把這個網站仔細研究了一遍，尋找著每一個可以下手的機會，現在他必須要弄清楚對方的人在哪裡，有幾個人，否則這麼毫無目的地繼續追下去，何時才算是個頭呢。

劉嘯目光再次掃過網頁，突然看到了一個東西，是一個網頁連結功能，能顯示出這個號碼的線上狀態，點擊之後，就可以和這個號碼建立一個臨時會話，這個功能被很多網站用來做線上諮詢、線上聯繫。

這個網站上面也掛了三個用來聯繫的號碼，一個是站長的，一個是副站長的，還有一個是客服。三個號碼中，此時只有副站長的號碼在線上。

劉嘯看了一會兒，突然陰陰地笑了起來，他想出了一個辦法，如果成功的話，對方的資訊就會自己主動送上來。

「你們不是會玩號碼遊戲嗎？嘿嘿，老子今天就讓你們知道誰才是玩家！」

劉嘯申請了一個新的ＱＱ號碼，然後把暱稱以及個人資料和那個不在線上的站長設置得一模一樣。檢查一遍，確認沒有差錯，劉嘯就用這個號碼和那個副站長進行了對話。他先發了一個鬱悶的表情。

副站長的消息發了過來，「你是？」看來他也被這個號碼搞迷糊了。

「是我！」劉嘯發著消息，「今天收穫怎樣？」

「哦，是老大啊，你怎麼換了這個號！」那副站長雖然有點納悶，但還是選擇了相信這是他的老大，暱稱和資料都一樣，應該不會這麼巧吧，於是又發來消息：

「今天不行，我值班這會兒只收了四千多塊。」

「別提了，玩鷹的被鷹叨了眼，也不知道是得罪了誰，我的號碼現在突然上不去了。」

副站長趕緊回道：「會不會是冰龍那夥人幹的？」

劉嘯趕緊把冰龍這個名字記了下來，大概是這個網站的競爭對手吧，然後回道：「算了，這事先不管了，我自己能搞定。我看我們最近的業務有點下滑的趨勢，他們幾個呢，都不在線上？你把他們的號碼給我，我現在找他們談一談，業務的事還得抓緊點啊，不然錢都讓別人賺去了。」

「好，你等等，我給你找出來！」副站長忙著找號碼去了，不一會兒發過來一堆號碼，完了還問，「手機號碼要不要？」

劉嘯沒敢要，道：「靠！我手機又沒丟，不用了！」

副站長沒說話，發過來一個呵呵笑的表情。

「行了，我找他們談談去，你繼續忙吧！」劉嘯說完，迅速閃人，言多必失啊。

劉嘯給其他幾個人都發了一個表情符號，但這次他沒有用那個偽造的站長的號碼，而是隨便選了一個備用號碼，等那幾個人回消息，他就可以得到那幾個人的IP位址。最重要的是，劉嘯根據這幾個號碼，已經摸清楚了對方組織的基本結構和成員列表。

再從這個網站的功能來看，劉嘯大概知道了對方攫取錢財的流程。首先，對方靠散播木馬病毒的方式，把盜號程式植入用戶的電腦，伺機盜取大量的號碼，之後進行篩選，那些所謂的熱門號碼，就會被掛在網站上交易；剩下那些沒有交易價值的號碼，他們就拿來散播那種騙錢的尾巴消息。綁定手機的，還會去騙用戶購買各種垃圾服務。尾巴消息中，他們並夾雜病毒和木馬的連結，這樣，就能收取更多的號碼，保證有源源不斷的號碼來源。

劉嘯不得不佩服這些人，這些在自己看來毫無價值的號碼，被這些人一層層地刮榨下來，竟然會有如此大的油水，每一個有可能創造出價值的環節，他們都不放過，就像吸血的螞蝗一樣。

接下來的工作就很簡單了，就像上次搞吳越霸王那樣，慢慢滲透到對方的電腦裏，盜取到QQ號碼、製造尾巴病毒、以及他們詐取錢財的證據，就算是大功告成。

至於得到證據之後怎麼辦，是像上次那樣逼對方組織解散？還是將這幫傢伙繩之以法，劉嘯暫時還沒想好，現在想了也是白想，還是先把這些證據都搞到手再說吧。反正wufeifan還沒露面，自己剛好趁這個機會趕緊把這事搞定。

Wufeifan終於露面了，不過是在半夜裏偷偷摸摸地跳出來的，劉嘯一大早去終結者論壇溜達，發現論壇多了一個帖子，看完內容，他就趕緊通知了衛剛。

帖子是一個叫做「未來終結者」的ＩＤ發的，劉嘯追蹤這個ＩＰ，發現是個虛擬的位址，看來對方早就做好了防護工作。帖子的內容一看就是wufeifan寫的，他在帖子裏公然和殺毒軟體廠商叫板，說是下次如果哪個殺毒軟體再封殺他的病毒，他就封殺這個殺毒軟體，口氣狂妄至極。

終結者論壇是一個民間的反病毒論壇，這些人聚到這裏，研究討論的就是要怎麼去剿滅各式病毒，沒想到現在竟跳出一個病毒的製造者，公然向殺毒軟體廠商發出威脅。所有的人立刻憤怒了，這簡直就是對整個反病毒界的挑釁，太目中無人，太囂張了，每個人都覺得受到了一種前所未有的侮辱。

劉嘯也很生氣，但同時他更覺得wufeifan有點可笑，竟敢揚言要封殺殺毒軟體，太好笑了，簡直就是螳臂擋車、蚍蜉撼樹，把自己當成萬能的主了。

不過Wufeifan自出道以來，這還是頭一次公開露面，看來他這次是要豁出去了，連著兩次病毒，wufeifan連個響都沒砸出來，著實有點惱火，再加上那些安全廠商對他集體圍剿，終於逼得他發飆了

「這次還真有點玄！」劉嘯坐在電腦前捏著下巴，照wufeifan的帖子來看，他這次應該還是會衝著那些殺毒軟體去，但之前他已經幹過一次了，能用的招數也都用了，不知道這次他會以什麼方式來放出這個號稱可以封殺殺毒軟體的病毒。

劉嘯揣測了半天，想了好幾種招數，仍不能確定wufeifan是否會採用自己想到的這幾種招數，最後只能放棄，「都做個防範吧，到時候見招拆招！」

終結者論壇的人尚且如此憤怒，更不用說那些殺毒軟體商了，他們得知

這個消息後立刻表示：絕不會懼怕任何人的威脅，稱反病毒是自己的天職，不管有多難，都會將其堅持到底，而任何敢於挑戰的人，最終也必定會以失敗告終。

平靜了幾日的終結者論壇再次熱鬧了起來，在這連續的幾次事件裏，終結者論壇已經由一個反病毒的民間論壇，逐漸轉變成一個反病毒人和病毒製造者相互掐架的緩衝地帶，各方勢力都在這裏糾纏集結，有一點中立方的意思。

衛剛看完帖子，又打電話給劉嘯，「劉嘯，看來這次wufeifan是要拼命了，我們得做好萬全的準備啊。」

劉嘯此時正在做準備呢，於是道：「你放心吧，我已經開始準備了。」

「那就好！」衛剛嘆了口氣，「看來你分析得對，這次wufeifan是要對殺毒軟體下死手了。」

「沒事，他上次不也搞過一次了嗎？隨便說一說就能封殺了殺毒軟體，哪有那麼容易的事。」劉嘯不信，認為wufeifan那話只是個笑話罷了。

衛剛卻不這麼看，所以他的語氣有些憂慮，「我剛給那些殺毒軟體打過電話，我真為他們擔心啊。」

「怎麼回事？」劉嘯問。

「他們徹底被wufeifan激怒了，現在都把自己的技術高手派了出來，二十四小時監控，準備和wufeifan死碰，他們的意思是，僅僅是戰勝wufeifan都算是失敗，他們這次的目標是揪出wufeifan，活要見人、死要見屍。」

「那前輩還擔心什麼，這不正好嗎？」劉嘯撇了撇嘴，「我也想看看那個wufeifan的廬山真面目。」

「事情有這麼簡單就好了！我問你，wufeifan算不算是高手？」衛剛問。

劉嘯想也不用想，「算，絕對是高手，我曾經還認為他是位天才，可惜他沒走對路。」

「既然是高手，那他說要封殺殺毒軟體，就絕不會只是說說罷了。」衛剛嘆了口氣，「他在帖子中的意思很明確，如果殺毒軟體就此收手的話，他會既往不咎，否則他就要發飆。」

劉嘯很不同意衛剛的看法，「如果沒有這個帖子的話，那些殺毒軟體或許會收手，但現在不可能了，人家幹的就是殺毒這一行，現在wufeifan卻拿病毒來威脅人家，這不是赤裸裸的挑釁嗎。殺毒軟體一旦向病毒製造者低了頭，那以後誰還敢買他們的產品，他們還什麼臉面在行業裏立足？」

「唉……」衛剛聽完半天沒說話，「話雖如此，但我還是不想讓這些殺毒軟體摻合進來，如果wufeifan真的有封殺的能力，到時候他們不但會顏面俱損，還會危及很多無辜的用戶。」

劉嘯笑了起來，「衛前輩真是有點過度擔心了，他wufeifan是高手，但我們也不是弱手啊，事情現在還沒發生，最後誰輸誰贏還說不定呢。」

「但願我是擔心過度！」衛剛準備掛電話了，「先這樣吧，我也去做做準備，有事就給我打電話。」

「好，我知道！」劉嘯收起電話，撇了撇嘴，衛剛什麼都好，就是這點不好，老是杞人憂天。

下午，劉嘯又接到了衛剛的電話，電話裏衛剛的情緒明顯好了很多。

「wufeifan的新病毒出來了！可能你分析的是對的，這個病毒沒有什麼危害能力，我都還沒出手，那幾個殺毒軟體商已經放出了專殺工具，現在正在網上熱炒呢。哦，對了，我已經把這病毒的樣本發到你信箱去了。」

「看，白擔心了吧！」劉嘯笑道，「那些殺毒軟體商也都不是弱手啊！」

「是啊，我有點長他人志氣，滅自己威風了，當時……」衛剛感慨著，還想說什麼呢，就聽那邊電話裏有人開始喊他，於是匆匆道：「先這樣吧，我這邊又出新情況了，你隨時注意你的E-MAIL，一有新的病毒，我就給你發過去。」

劉嘯應下，打開信箱，果然有一封衛剛發過來的郵件，劉嘯沒有去下載病毒的樣本，反正都已經被人剿滅了，自己研究不過是早晚的事，他急著要去終結者論壇看熱鬧。

論壇上幾個置頂帖子，是那幾個殺毒軟體放出來的專殺工具，像是集體示威似的杵在那裏，表示自己絕不會向病毒屈服。

Wufeifan的帖子被人來回頂發，回帖裏，有苦口婆心勸導的，有冷嘲熱諷打擊的，有針鋒相對辯論的，更多的則是明目張膽地破口大罵，很多人把wufeifan當成了笑話。

「這次牛確實吹大了！」劉嘯看著電腦，他沒想到wufeifan是這麼封殺殺毒軟體的，以前不封殺的時候，還得衛剛出手呢，現在可好，一封殺連衛剛都得歇著了。

刷新了一下論壇，劉嘯發現又多出幾個帖子，是那幾個殺毒軟體放出來的，還是專殺工具，但病毒的名字卻不一樣了。劉嘯納悶：難道又出病毒了？

正想著，劉嘯的電腦就彈出提示：你有新的郵件，來自衛剛。打開一看，果然是wufeifan又出了新的病毒，不過衛剛這次還是發晚了，這兩個病毒又讓殺毒軟體給封殺了。

不過有一點倒是令劉嘯很詫異，這次wufeifan居然破天荒地同時放出了兩個病毒，這在以前是從未有過的事情。

劉嘯還沒想明白是怎麼回事呢，信箱提示再次響起：你有新的郵件，來自衛剛。趕緊去看，衛剛在新郵件裏發來的還是wufeifan的病毒，不過這次數目達到了四個。

「不對！」劉嘯心頭隱隱冒出一絲不祥的預感，事情看起來沒有表面那麼簡單，wufeifan這是在搞「病毒戰爭」啊，要是他每次都是以一倍的數目放出新病毒，要不了幾輪，所有的病毒軟體商都得被拖垮了，到最後，就全是病毒，殺毒軟體根本都不知道該殺哪個了。

劉嘯刷新了終結者論壇，發現這四個病毒已經被殺毒軟體封殺了兩個，兩分鐘之後，另外的兩個也被封殺了。劉嘯撓了撓頭，wufeifan畢竟只是一個人，如果殺一個病毒，他立刻放出兩個，殺兩個，他又放出四個，照這樣的速度釋放下去，撐不住的應該是wufeifan，就算他準備了很多天，也不可能製造出那麼多的新病毒出來，用不了幾輪，wufeifan怕是就要黔驢技窮了，現在就看殺毒軟體能不能撐過前面這幾輪。

事情果然如劉嘯所猜想的那樣，幾乎是在殺毒軟體剛剛封殺那四個病毒的同時，wufeifan再次放出了八個新病毒，隨後又是十六個，再下來就是三十二個。

此時，殺毒軟體廠商已經奮戰了整整一天，有些快吃不消了，出專殺的速度越來越慢，終結者論壇的整個版面全是他們的帖子，其他人早已傻了眼，鬧不清狀況，也不敢再胡亂發言了。

劉嘯看了一整天的熱鬧，此時不得不出手了，他在衛剛發過來的三十二個病毒中，隨便挑了一個，趕緊下載了下來。

運行之後查看監控器的記錄，劉嘯發現這個病毒遠比之前的那些病毒要厲害，捆綁了系統多個重要進程，強行修改了系統多項設置，將系統的一些管理工具破壞，修復起來很有難度，病毒還在後臺瘋狂地訪問一個ＩＰ位址，蠶食用戶的系統資源，劉嘯把這個ＩＰ位址記錄了下來，他估計這大概是wufeifan用來散播病毒的ＩＰ。

過了二十多分鐘，劉嘯才搞定了這個難纏的病毒，他把專殺工具發佈到終結者論壇去。

弄完了，劉嘯還準備再挑一個病毒，衛剛的電話打了過來，「不要再發專殺工具了！」

「為什麼？」劉嘯有點納悶。

「幾個殺毒軟體商已經向我發出了求救。」衛剛聲音有點嚴峻，「現在情況有點麻煩，一旦我們把這一波病毒全部解決，wufeifan就會放出新的病毒來，那時候就是六十四個了，現在殺毒軟體商已經撐不住了。」

「怎麼回事？」劉嘯有點不解，「那病毒我也分析了，沒什麼特別厲害的地方啊！」

「你現在去幾個殺毒軟體的官方網站看一看，就知道是怎麼回事了！」衛剛有點鬱悶。

劉嘯趕緊去打開一家殺毒軟體的網頁，發現頁面打開的速度超級慢，明明已經找到網站，但始終連結不上。

劉嘯知道有點不對了，趕緊上其他幾家軟體的網站，發現也是同樣的問題，便問道：「這是怎麼一回事，怎麼都打不開了？」

「多刷新幾遍還是能打開，不過成功率很低！」衛剛說道。

劉嘯腦海裏冒出了一個詞：分散式拒絕服務攻擊（DDos），就是自己上次在軟盟應聘時測試的那個問題。

衛剛繼續說道：「wufeifan的病毒並不厲害，厲害的是他的病毒散播手段，實在是防不勝防。我從殺毒軟體商那裏拿到今天所有病毒的資料，wufeifan的每個病毒都不一樣，有的是利用第三方軟體的漏洞進行傳播，有的是利用網頁掛病毒的方式傳播，有的是郵件散播，有的是快閃記憶體散播，而且都有自我保護的功能。今天一天，感染wufeifan病毒的電腦至少有二十多萬台。」

「這麼多？」劉嘯有些驚訝，「難道那些殺毒軟體放出去的專殺工具一點作用都沒有？」

「那都是過期的耗子藥！」衛剛顯得有些氣憤，「這個wufeifan太狡猾了，我們一出專殺工具，他就立刻停止對該病毒的傳播，繼而去傳播新的病毒，專殺工具根本起不到什麼實質性的作用。而且他的病毒統統具有一個功能，就是在後臺拼命地訪問殺毒軟體的網站和病毒庫更新伺服器，二十多萬台電腦同時這樣做，後果你也能想像到。現在所有殺毒軟體的伺服器基本處於癱瘓狀態，用戶根本無法完成對病毒庫的正常升級。對於正常的電腦用戶，他們最需要的是升級病毒庫來防範病毒，而不是中毒之後再去尋找專殺工具。」

「靠！」劉嘯終於知道了，自己剛才分析病毒時記錄的那個ＩＰ，根本就不是什麼散播病毒的位址，而是殺毒軟體伺服器的位址，wufeifan是在利用病毒對這些伺服器進行分散式拒絕服務攻擊。用戶無法升級病毒庫，無法及時對病毒進行防範和查看，那殺毒軟體就是個擺設而已，這其實已經相當於是殺毒軟體被成功地封殺了。

「如果wufeifan一旦放出六十四個新病毒，感染病毒的電腦就會瞬間增加一倍，那時候，所有殺毒軟體的伺服器都得崩潰，後果真是不敢想像啊！」衛剛語氣極度嚴肅，這次他是遇到了真正的大麻煩。

「那現在怎麼辦？」劉嘯問。

「幾個殺毒軟體現在已經停止發佈專殺工具，大家正在研究，要想個什麼辦法來應對這次危機，我看你剛才又發佈了一個專殺工具，就趕緊給你打個招呼！」

劉嘯皺眉問道：「他們都認為停止發佈專殺工具，wufeifan就不會再放出新的病毒？」

「至少目前是這樣的，我們也沒有什麼更好的辦法了！」衛剛鬱悶地說，「好了，我先掛了，他們還在等著我商量呢。」

「那行，我就暫時先不發佈專殺工具了！」劉嘯只好答應下來，雖然他不認為這樣就可以阻止wufeifan釋放新的病毒，但衛剛特別打電話來叮囑，他不好不答應。

劉嘯又回到終結者論壇上去看了看，不禁苦笑，殺毒軟體商的帖子整整排了幾大頁，看起來風光無限，給人一種將所有的病毒都控制在股掌之間的感覺，但事實卻完全不是這麼回事。今天怕是這幾個殺毒軟體商最狼狽的一天，網站打不開，更新伺服器處於癱瘓狀態，估計此時他們的客服電話也被人打爆了吧。

這畢竟是個反病毒的論壇，高手總是有的，沒過多長時間，就有一個高手跳了出來，告訴大家一件難以置信、但又不得不相信的事實：殺毒軟體的伺服器正在被病毒圍攻，殺毒軟體已經被徹底封殺了。

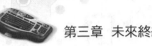

高手的這個結論就如同一顆重磅炸彈，頓時炸得終結者論壇雞飛狗跳，那些之前還對wufeifan冷嘲熱諷的人一時都不敢相信自己的眼睛，這也太荒唐了吧，殺毒軟體不就是專門殺病毒的嗎，怎麼還能被病毒給封殺了呢？今天是不是愚人節啊？

殺毒軟體無法升級的事情，之前就有很多人發現了，但也不知道是什麼原因，現在看到這個帖子，總算是明白了過來。

這個消息很快就被轉載到了其他各大媒體網站上，標題一個比一個能嚇唬人：「殺毒軟體處境堪憂，面臨被封殺的危險！」、「網站被駭，病毒庫無法升級，殺毒軟體已被病毒徹底搞定！」、「新一輪病毒狂潮來到，殺毒軟體統統『回避』！」

劉嘯此時連苦笑的心思都沒有了，衛剛的憂慮全被說中了，這個wufeifan竟然真的把別人想都不敢想的事變成了現實。現在媒體這麼一報導，就算wufeifan不放出新一輪的病毒，那些看到這消息的人也會跑去參觀殺毒軟體的網站，安裝了殺毒軟體的人肯定還想升級一下試試，這一看一試之下，本來已經到了崩潰邊緣的伺服器就會瞬間崩潰。

很多人追溯消息的來源，最後找到了終結者論壇，論壇上那齊刷刷的病毒專殺帖子，立刻就成了殺毒軟體商的笑柄，發了那麼多的專殺工具去查殺病毒，最後病毒沒殺成，自己倒被病毒給「殺」了，真是有意思！

還有一些好事的，比如一些小的殺毒軟體，還有國外的殺毒軟體，此時紛紛開帖，給自己的產品打起了廣告，聲稱自己的產品永不會被「封殺」。

國內的這些殺毒軟體商是徹底氣瘋了，但他們能怎麼辦呢，想發個公告「闢謠」吧，也沒地方發，自己的網站伺服器還當著呢，總不能把自己的公告發在第三方的終結者論壇吧。於是這些殺毒軟體商紛紛派出槍手，在論壇一邊大戰那些好事者，一邊「力挺」自己的軟體，稱絕無封殺之事。

終結者論壇徹底淪為了口水大戰的場所，管理員實在看不下去，便另外開了一個「閒話江湖」的版塊，將這些人統統趕了過去。

「鷸蚌相爭，漁翁得利。」終結者論壇算是此次病毒事件裏最大的受益者，由一個默默無聞的民間論壇，一舉成為了人人皆知的安全論壇。

第四章　反攻計畫

劉嘯用實際效果説服了衛剛，然後由衛剛去説服那些殺毒軟體商以及網監部門，制定了一個完整的反攻計畫。首先，由殺毒軟體商放出之前所有病毒的專殺工具，讓wufeifan沒有絲毫的反應時間，無法對自己病毒進行調整。

衛剛終於給劉嘯來了電話。

「商量出結果了嗎？」劉嘯趕緊問道。

衛剛嘆氣，道：「沒有！」

「不會吧！」劉嘯驚詫萬分，國內幾大殺毒軟體商集體商量了這麼久，竟然連一個有力的方案都沒拿出來？

「事情比我們想的還要嚴重！」衛剛繼續嘆氣，「我們本以為不殺那三十二個病毒，wufeifan就不會放出新的病毒，看來是有點理想化了，wufeifan又放出了新一輪病毒，估計他還會繼續釋放下去！」

「那病毒的源頭查到沒有？」劉嘯也快被搞崩潰了，「殺毒軟體商不是說做好了準備，要把wufeifan揪出來嗎？我看現在只有這一個辦法了，只要揪出wufeifan，那就萬事ＯＫ了。」

劉嘯說的這個辦法也是目前唯一可行的辦法了，釜底抽薪，一勞永逸，沒想到衛剛卻道：「我們也想揪出wufeifan，可現在到處都是病毒，僅以我們的手裏掌握的資源，是很難查出病毒源頭的！」

劉嘯又開始撓頭了，這也不行，那也不行，難道就坐著等死不成，總要有所行動才行啊。

「我們已經向國家反病毒監測中心和網監部門發出了求救，希望借助監管方的力量來防止形勢進一步惡化，並追查病毒的源頭。」衛剛顯得十分無奈，「現在不單單是我們和wufeifan之間的私人比試了，如果wufeifan再放出一輪病毒，被感染的電腦將會超過百萬台，那時候國內網路用戶將人人自危，並會因此引發更為嚴重的後果，這已經是一場超級嚴峻的病毒危機了。」

劉嘯很惱火，明明是私人比試，現在自己這方非但一點動作都沒有，反而還把監管方都拉了進來，這簡直就是一種恥辱。

劉嘯對衛剛的這個舉動極為反對，「我認為沒那麼嚴重，我們會想出解決的辦法。」

「現在不是賭氣的時候！」衛剛心中的鬱悶不比劉嘯少多少，「這次病毒之所以能夠迅速得以擴散，是因為wufeifan採用了一種新的網頁病毒傳播技術，而目前我們對於這種技術還沒有什麼有效的控制辦法。」

「什麼技術？」劉嘯問道，網頁傳毒還能玩出什麼新花樣不成？

「以前的病毒，都是掛在某個頁面後，用戶只有訪問這個特定的頁面時才會中招，而wufeifan這次卻採用了一種利用第三方網站來間接掛病毒的方法。」衛剛頓了頓，「我舉幾個例子來說明一下這種間接傳播的方式的危害：一，很多小型的網站都是託管在同一台伺服器上的，利用間接掛病毒的方法，只要你在這台伺服器上種一個病毒，那不管是訪問這台伺服器上的哪個網站，你都會中招；二，現在網站的交互性很強，你在這個網站上看到的圖片視頻，往往並不保存在這個網站上，而是援引第三方網站的，利用間接掛病毒的方法後，一旦第三方網站被掛了病毒，所有援引了第三方內容的網站都會把病毒傳給用戶；三，以此類推，很多網站還會加入一些知名統計網站的統計功能，以提升自己網站的競爭排名，現在只要把病毒放在了這個知名的統計網站上，一旦你訪問那些採用了此類統計功能的網站，你就會中招。」

劉嘯沒說話，這種方法的原理他也知道，防範起來確實有些難度。

衛剛以為劉嘯沒聽懂，於是繼續解釋，「wufeifan真是個天才，利用這種方法，他可以在瞬間把自己病毒的影響範圍擴大無數倍，而且非常難察覺。就算你發現某個網站被掛了病毒，但病毒卻往往不在這個網站上，哪怕網站的管理員把自己的伺服器查個底朝天，也不會找到病毒的影子。」

「這種方法我知道……」劉嘯咬了咬牙，「也不是完全沒有控制的方法，我還是覺得自己去解決比較好。」

「但我們不能拿所有的互聯網用戶去冒險！」衛剛怒了，「我們比試的戰場，不是在你的電腦上，也不是在我的電腦上，而是所有互聯網用戶的電腦。我也知道問題肯定是會解決的，但你能保證在wufeifan放出下一輪病毒之前就把問題解決了嗎？」

劉嘯無語，天知道wufeifan會在什麼時候放出新一輪的病毒，說不定就在這會兒工夫他就放出了呢。

「你太理想化了！」衛剛繼續開炮，「你以為我不想自己單槍匹馬把wufeifan搞定嗎？我也想，但我得考慮為此付出的代價和成本。你以為wufeifan就是在孤軍作戰嗎？你錯了，wufeifan的背後是個病毒集團，這個世界上沒有神，只要是人，他就不可能憑一己之力發動如此大規模的病毒戰爭。」

「你好好想想吧！」衛剛氣得不知道還要說啥，「匡噹」一聲掛了電話。

劉嘯也很生氣，說好的私人比試，弄到現在自己反成了一個徹頭徹尾的局外人。

「不行！」劉嘯把手機往床上一摔，「你們愛怎麼做是你們的權利，但老子不能這麼窩囊。」劉嘯恨恨地咬著牙，海城的網路演習自己也能給它攪局了，一個小小的wufeifan，我就不信沒有辦法收拾他。

Wufeifan放出新一輪病毒後，感染病毒的用戶明顯多了起來，終結者論壇上看笑話的人少了很多，現在這種情況下，人人自危，生怕自己的電腦中了毒，哪有工夫去笑話殺毒軟體呢，此時他們倒恨不得殺毒軟體趕快雄起了。

劉嘯心裏不爽，賭氣似地打開信箱，自己現在總得做些什麼事來表達自己的態度吧，不然也太窩囊了，可一看見信箱裏那密密麻麻的病毒樣本，劉嘯就有些頭疼，「靠，把這些傢伙研究完得多長時間啊！」

想了想，劉嘯又給衛剛發了一條短信，向他索要了之前所有病毒的分析報告，以及wufeifan新放出的那六十四個病毒。

衛剛生氣歸生氣，但他還是很痛快地給劉嘯發了過去，如果劉嘯真的能在wufeifan放下一輪病毒之前想出解決問題的辦法來，那衛剛自然是再高興不過了；就算不能，衛剛也相信劉嘯目前不會有什麼過激的舉動。

劉嘯迅速地把所有的分析報告都流覽了一遍，並沒有發現什麼可以利用的地方，等他看完那些報告，衛剛又把新的六十四個病毒的分析報告也發了過來，劉嘯看了看，還是一無所獲。

每個病毒都不一樣，甚至連編寫代碼的風格都不一樣，看來衛剛說得沒錯，這個wufeifan絕對不是一個人在戰鬥，他的身後一定還有很多同夥。但是病毒的威力卻都很一般，除了難以清除的毛病外，最大的危害就是在後臺不斷訪問殺毒軟體的伺服器，造成殺毒軟體的無法更新，同時還會迅速吃掉用戶的系統資源，導致當機。

「看來wufeifan這次的主要目的就是要針對那些殺毒軟體！」劉嘯捏著下巴，wufeifan真是太聰明了，他這次並沒有選擇去製作高技術含量的病毒，而是充分發揮了「蟻多咬死象」的精神，製造一大批針對性很強的小病毒，發動了對殺毒軟體的全面圍攻。

不過這招也太厲害了，他這是在考驗衛剛的能力，看衛剛能有什麼辦法去拯救那些已經被圍死了的殺毒軟體，他不在病毒的技術上和衛剛硬碰硬，而是在病毒能造成的後果上做文章，這大概就是兵法上的「圍魏救趙」吧。真毒！衛剛現在是被徹底被制住了，殺病毒不行，不殺也不行，很被動。

想起兵法，劉嘯就嘆了口氣，「做病毒的都用上兵法了，唉，還讓人活不！」

劉嘯也不看那些病毒分析報告了，就坐在那裏胡思亂想，自己老這樣「兵來將擋，水來土掩」肯定不行，再說，自己現在也沒有將沒有土了，以往在反病毒中，大型殺毒軟體能起到九成以上的作用，而此刻殺毒軟體都已經被封殺了，自己就是想硬碰硬，也沒有本錢了。

硬的不行，那就來軟的吧，可什麼算是軟的，軟的又要怎麼來呢？劉嘯撓了撓頭，有點理不出頭緒。

無奈之下，劉嘯只好把這次和wufeifan對抗以來的所有環節都回憶了一遍，此時，他突然想到了一個很重要的問題，wufeifan放出來第一個病毒的時候，那病毒企圖從自己的虛擬系統向真實系統擴散，自己以前並沒有接觸過這個病毒，按說病毒庫中也不會有這個病毒的特徵碼，可為什麼自己的病毒警報器會提示發現病毒呢？

劉嘯當時也曾納悶過，但更多的則是慶幸，後來他著急寫專殺工具去壓制衛剛，又忙著去追蹤盜竊ＱＱ的人，就把這事給忘了。現在想起這事，劉嘯心中不由一亮：

「那就是說，自己的病毒庫中，其實早就存在這個病毒的特徵碼！」

「這是怎麼回事呢？」劉嘯趕緊翻出那第一個病毒的樣本，放到虛擬系統中一運行，結果，自己的警報器沒響！

「靠，你怎麼又不響了呢！」劉嘯氣得都想把電腦給踹了，這不是玩我的呢！

劉嘯氣得在屋子裏蹀了幾圈，才好不容易把情緒穩定了下來，沒辦法，只好再把當時的情景複製一遍了，劉嘯在電腦前比劃著當時的流程：病毒放進虛擬系統——運行——向自己的真實系統擴散——警報器報警。沒錯啊，自己現在完全就是按照當時的模式走的，可為什麼就不報警了呢。

劉嘯把這個流程圖來來回回地念叨了幾遍，突然就在自己的腦袋上捶了起來，「你個豬腦子啊！就知道病毒病毒，怎麼就忘了那病毒是靠什麼來擴散的！」

問題的原因找到了，病毒當初是靠PP-PLAY的漏洞來擴散的，但那漏洞後來被劉嘯自己給補上了，現在病毒無法滲透到真實系統中，那警報器當然不會響。

劉嘯大罵自己糊塗，趕緊又把當時自己製作的補丁卸了，然後重新運行病毒，這次警報器果然響了。

打開警報器的詳細報告，劉嘯一時都不敢相信自己的眼睛，報告上只有一行字：「發現未知病毒，帶有病毒特徵碼『wufeifan』！」

「靠！原來是這樣啊！」劉嘯恨恨地說著，自己怎麼把這事給忘了呢，那wufeifan最大的毛病，就是會在自己的每個程式中都簽下自己的名字。

劉嘯又不由有些失望，這並不算得是什麼可以利用的東西，現在這麼多的病毒，絕大部分是wufeifan的同夥編譯的，別人怎麼可能簽wufeifan的名字呢，如果他們都簽wufeifan的名字，那自己還費這些事幹什麼，當初只需寫一個通殺工具，凡是檢測到程式中具有『wufeifan』字樣的，統統砍殺，也不至於讓wufeifan現在搞出這麼大的亂子來。

心裏是這麼想的，但劉嘯還是在病毒的分析報告中翻了翻，挑了一個最不像wufeifan風格的病毒，然後將病毒反編譯，利用工具自帶的搜索功能，在這些代碼中尋找「wufeifan」字樣！

「叮」的一聲，彈出一個提示：「找到了搜索字樣『wufeifan』，全文共搜索到一處！」

「啊！」劉嘯當時就傻掉了，嘴巴大得可以把鵝蛋都吞下去。

劉嘯使勁抽了自己一個嘴巴，確認自己沒有看錯，然後又趕緊挑了另外一個病毒去搜索，結果再次發現了wufeifan字樣。劉嘯頓時來了勁頭，連續換了十來個病毒，所有病毒最後的簽名檔，無一例外，全部都是wufeifan的名字。

「哈哈哈哈！」劉嘯狂笑起來，「wufeifan啊wufeifan，你小子也太霸道了，居然讓所有人把病毒都寫上你的名字，可你小子千算萬算，就是漏掉了這點。」

一條完整的思路立刻出現在劉嘯的腦海裏，如果所料不差，wufeifan的下一輪病毒還是會統統帶有自己的名字，既然是這樣，那自己就做一個防護軟體，對還沒有感染病毒的機器進行嚴加保護，如果發現帶有「wufeifan」字樣的資料企圖下載到用戶機器中，就立刻中斷資料的下載，這樣一來，就算wufeifan的病毒傳播技術再高明，傳播途徑再多，他也無法將自己的新病毒擴散分毫。

如果能夠做到這些，就算是保住了現有的陣地，至少不會讓情勢進一步惡化，剩下的工作就是趕緊清除那些已經中招電腦中的病毒，能清除多少，殺毒軟體伺服器的壓力就能減少多少，只要伺服器工作起來，使用殺毒軟體的用戶就可以完成病毒庫升級，由此構成良性的循環，到了最後，就會再次形成對wufeifan病毒四面合圍的局面。

「我真是太聰明了！」劉嘯覺得自己的這個方案絕對可行，心裏不由高興起來，心想你wufeifan會兵法，那我也不差呀，我會戰術，你有圍魏救趙，我有防守反擊，到最後輸得未必就是我劉嘯。

想到這裏，劉嘯趕緊給衛剛打去電話，「衛前輩，我問你，現在每年新出的病毒有多少？」

衛剛有點納悶，自己這裏正忙呢，劉嘯不去想辦法控制現在的局面，反而跑來問這種不痛不癢的話呢，是不是腦子不正常了呢，於是問道：「劉嘯你怎麼了，問這個幹什麼？」

「我很好，請你回答我的問題！」劉嘯堅持著。

「你不要鬧了好不好，你想說什麼就直接說，我現在沒工夫和你猜謎語。」衛剛很不爽。

「請回答我的問題！」劉嘯還是那句話。

衛剛氣得恨不得把劉嘯立刻給撕了，可惜劉嘯不在跟前，只好道：「二十多萬種吧！」這種資料很多安全機構都有發佈，屬於圈子裏的常識，劉嘯問這麼弱智的問題，衛剛當然不爽，而且是極度不爽。

「那我再問你，如果現在有辦法可以防止wufeifan的病毒無法擴散，你去把這幾個大殺毒軟體商的實力集合到一起，多長時間能把wufeifan的那六十四個病毒全部解決掉？」

「不到二十分鐘！」衛剛想了一下，然後說了個很保守的數字，如果真的把這幾大殺毒軟體集合到一塊，解決六十四個常規病毒是很容易的，就算wufeifa再放出一百二十八個病毒來，估計也就是二十來分鐘的事，但問題是現在沒有辦法防止病毒擴散，殺來殺去，反而會越殺越多。

「好，我知道了！」劉嘯心裏有了個底，「那我先掛了！」

「我告訴你，你可別亂來啊！」衛剛怎麼聽怎麼覺得不對，「現在網監那邊已經……」

衛剛還沒說完，電話已經開始「嘟嘟」了，劉嘯迫不及待地去製作自己的那款通殺wufeifan病毒的工具了。這一次，輪到他去封殺wufeifan了。

「那些要將反病毒事業進行到底的人在哪？」

掌控大局的wufeifan，以一種勝利者的姿態再次出現在了終結者論壇，當初他發帖說要封殺殺毒軟體，現在他做到了，而當時那些說不懼怕任何挑戰的殺毒軟體商，卻已經很久沒有發表新的消息了。

「你們是在苦思反病毒的良策，還是到自己老師那裏借教科書去了？或者，你們此時正集體商量著要向我投降？」wufeifan帖子裏極盡挑釁之詞，他更是把殺毒軟體停止發佈專殺工具的行為，看作了是他們對自己的一種變相屈服，因此言詞之間無比得意。

病毒擴散的趨勢日益嚴重，而殺毒軟體的伺服器一直都處於崩潰狀態，殺毒軟體商甚至連在第三方平臺發佈病毒專殺工具的行為也停止了，起初大家也沒有多想，此時看到wufeifan的帖子，才算是「明白」了過來，原來這些殺毒軟體是以此向病毒製造者求和啊！

憤怒的人們開始在論壇上向殺毒軟體開炮，他們的言辭可比wufeifan直接多了，甚至連「丟人敗興」、「有辱先祖」、「遺臭萬年」的詞都給殺毒軟體商套上了。

「有本事就從技術上消滅了我，我是絕不會接受你們的請降！」wufeifan在帖子的最後，表明了自己的態度。

劉嘯一拳砸在桌子上，wufeifan現在這是要準備收網了，這廝真是太聰明了，如果他在帖子裏說「你們趕緊投降吧，我會接受你們的請求，收回自己的病毒！」那就是把殺毒軟體逼到了絕境，他們就是拼死，那也不能向wufeifan投降，多少人盯著呢。

而Wufeifan現在在帖子說自己絕不接受殺毒軟體的請降，其實卻是在給殺毒軟體留面子，就算日後殺毒軟體真的是請和了，那外人自然也會以為是殺毒軟體治死了wufeifan，而wufeifan也剛好趁此機會提出自己的要求。

劉嘯冷哼了一聲，「小子，死到臨頭還不知，看你還能得意多久！」

殺毒軟體商頂不住用戶和輿論的壓力，幾乎是在同一時間，他們在終結者論壇放出了過去wufeifan所有病毒的專殺工具，算是對這些吵吵鬧鬧的人表明了態度，自己絕不會向病毒製造者屈服。但僅僅發佈這些工具，根本無力改變目前的態勢，一些反病毒高手此時也加入了討伐的行列，向殺毒軟體商提出了質疑。

Wufeifan此時再次現身論壇，「既然要戰，那就來吧，有本事就把我的下一輪病毒也一塊殺掉吧！」wufeifan當然有本錢說這話，他知道殺毒軟體的伺服器不恢復，是無法把自己的病毒殺乾淨的，

劉嘯猜得果然沒錯，wufeifan是打算收網了，如果按照過去的模式計算，他這次應該是放出一百二十八個病毒才對，可他只放出了六十四個，算

是對殺毒軟體商的一個暗示吧，也可能是他也不想讓事態繼續惡化下去，那樣對他也沒有任何好處。

Wufeifan此時估計正在做著春秋大夢，他認為過不了多久，那些殺毒軟體商就會主動找上門來向自己求和，別說是衛剛，就是衛神仙，此時也無力回天了。可讓他沒想到的是，十分鐘後，殺毒軟體竟然放出這新的六十四個病毒的專殺工具，和以往不同的是，這次這些殺毒軟體商好像是事先分配好的，放出來的專殺工具沒有重複，以往他們總是針對同一個病毒各自放出自己的專殺工具。

此時wufeifan估計腦海裏或許還會冒出一個問號：難道是自己逼得太緊了，把這些殺毒軟體商逼傻了？但如果他稍微細心點的話，就會發現，自己這次放出的那六十四個病毒，根本就沒有達到什麼擴散效果。

接下來的發展更是出乎了所有人的意外，只要你登陸到國內任何一家大型門戶網站，就會先彈出一個視窗：「新型病毒嚴重威脅網路安全，為了您資訊和資料的安全，請及時下載並安裝防護查殺工具。」國內幾大移動通訊商、電信商也給自己的用戶發去了此條提醒訊息。

於是同時，國內幾大下載平臺的所有伺服器，都開放兩個工具的優先下載：一個是集合了wufeifan此次事件中所有病毒的專殺工具，一個是可以預防wufeifan病毒的工具，工具上赫然寫著「快雲工作室出品」。

半個小時後，劉嘯接到了衛剛的電話。

「情況怎麼樣了？」劉嘯趕緊問道，自從wufeifan放出病毒後，他就一直在等著衛剛的消息。

「天才，你真是個天才！」衛剛的語氣可以說是狂喜，「wufeifan沒有絲毫的防範，現在情況已經開始好轉了，估計用不了多久，wufeifan的這些病毒就要跟互聯網說拜拜了！」衛剛人一高興，說話也開始有趣了。

劉嘯此時總算是長出了一口氣，這次他賭贏了。

「你的那個防護工具，到底是根據什麼做的，現在總可以告訴我了吧！」衛剛急忙問道。

「很簡單！」劉嘯笑了起來，「我發現wufeifan所有的病毒中都會簽上自己的名字！」

「呃……」衛剛沒有想到答案會是這樣，竟是半天沒有出聲，或許他是在責怪自己粗心，為什麼自己就沒有發現這個問題呢。

「其實我很想提前告訴你，但這個東西實在是太簡單了，一旦消息傳出去，wufeifan只需稍加改動，我們就再也沒有翻盤的機會了！」劉嘯解釋，上次的吳越霸王事件給了他很大的教訓，所以他這次先跟衛剛賣了關子。

「可以理解，可以理解！」衛剛咳了兩聲，「這次真虧了你的這個發現，唔，還有你的全盤策劃，不然我們真的是拿wufeifan沒辦法了。不過你小子也真是過分，搞得神神秘秘的，說實話，要不是我看到了你那工具的效果，我還真不敢在那些殺毒軟體商面前拍這個板呢。」衛剛呵呵笑著，事情已經過去了，他也只好一笑了之。

「呵呵，那幾個軟體商這次沒少花錢吧！」劉嘯問著。

「那是肯定了！國內所有門戶網站的首頁彈出廣告，行動電信商的聲訊服務，隨便一個都是價比黃金啊！」衛剛笑著，「不過，只要能挽回局勢，他們就還有利潤，花這點錢還是值得的。」

「唉，如果他們能預料到，當初就不會攪和咱們與wufeifan的比試了！」劉嘯嘆了口氣。

「其實他們早就後悔了！」衛剛繼續笑著，「好了，不說這個了，我得趕緊去幫他們收復失地去，也算是表達一下自己的愧意嘛！」

掛了電話，劉嘯暗道一聲好險，自己這次雖然贏了，但也是險勝。劉嘯當初原本是計畫把防護工具做好後就直接放出去，為了防止wufeifan知道自己是根據什麼來防範病毒入侵的，劉嘯還用自己設計的加密方法給工具加了密。

但後來劉嘯又放棄了，這樣做實在是太冒險了，劉嘯不能確定wufeifan能用多長時間來知道這個秘密，也不知道這段時間內，殺毒軟體商是否可以收復失地，所以他想了想，最後還是去找了衛剛。

劉嘯用實際效果說服了衛剛，然後由衛剛去說服那些殺毒軟體商以及網監部門，制定了一個完整的反攻計畫。

首先，由殺毒軟體商放出之前所有病毒的專殺工具，誘使wufeifan放出新一輪的病毒，讓wufeifan沒有絲毫的反應時間，無法對自己病毒進行調整；第二，在國內互聯網的主要節點伺服器上進行安裝劉嘯的工具，防止wufeifan病毒的進一步擴散；第三，最大限度地宣傳，給所有人一種輿論導向，讓他們以為這次的病毒很嚴重，必須安裝防護和專殺的工具；第四，網監部門迅速追蹤和堵住病毒的傳播源頭，防止wufeifan反應過來後，放出調整後的病毒。

這幾步必須按照固定的流程走，順序稍微顛倒，就有可能會功敗垂成。

雖然後來wufeifan跳出來挑釁，但這只是個小插曲，並沒有影響到事情的整體運作。此時估計wufeifan正拿著劉嘯的那款防護工具在研究呢，他得知道自己的病毒到底是在什麼環節上出了問題，一盤好棋，明明已經把對手逼到了死角，沒想對方卻突然翻了盤。

「但願能拖上一些時間！」劉嘯雖然知道wufeifan一時半會還解不開自己防護工具的加密演算法，但他不知道能撐多久，因為wufeifan同樣也是加密高手。

「希望衛剛的動作快一點，只要殺毒軟體的伺服器恢復正常，就贏了八成！」劉嘯嘆了口氣，此時他突然想起了衛剛之前曾說過的一句話：殺毒軟體賣的都是過期的耗子藥。

這句話的意思就是說，病毒永遠都比殺毒軟體要超前，按照目前殺毒軟體的模式來看，確實是這樣。如果殺毒軟體能夠對新病毒的特點有所預見，並給予防範，那wufeifan這次定然掀不起如此大的風浪來。

病毒出來了，該感染的都感染了，那些病毒製造者想要得到的利益也到手了，此時殺毒軟體才出來對病毒予以消滅，這確實有點賣過期藥的味道。

劉嘯不得不對現在的這種殺毒模式進行重新的審視，一個好的殺毒軟體，應該是防患於未然，保護用戶的電腦不受病毒的侵犯，而不是給用戶提供一種事後諸葛亮式的服務。

這種模式，不管是對於用戶，還是對於殺毒軟體商自己，都是一種潛在的危險，wufeifan這次就是利用了這種模式上的漏洞。

就像自己這次的防護工具，雖然只是利用了對方的一個小失誤，但也算是對wufeifan的新病毒做出了一個正確的預測。

劉嘯覺得這還不夠，除了預測，還應該把握住病毒的特性和本質，病毒的代碼再千變萬化，卻具有幾個共有的特性，如果能在這些特性上予以正確的判斷，就能防範未知的新病毒。

劉嘯又把wufeifan這次所有病毒的分析報告翻了出來，就拿這次的病毒來說，除了都有wufeifan的簽名外，還有幾個固定的特徵：一，惡意訪問殺毒軟體伺服器；二，捆綁系統的進程；三，隱藏自身；四，強行修改系統的設置；五，破壞系統的管理工具。

如果只判斷其中的一個，或許還有誤判，但這五個特點出現了兩個或者兩個以上，那基本就是病毒了，完全可以將這個程式終止或者刪除。

劉嘯又開始動了起來，他得趕緊把這個想法變成具體的東西，如果

wufeifan解開了自己的工具，那就算他的新病毒不添加自己的簽名，那不是還有其他五個把柄讓自己捏嗎，他照樣翻不出自己的手心去。

可能是劉嘯的那個加密演算法還真把wufeifan給難住了，或者是wufeifan知道大勢已去，決定收手，反正他再也沒有放出新的病毒。

兩個小時後，殺毒軟體商的伺服器相繼恢復正常，病毒庫的更新功能也隨之恢復正常，所有的殺毒軟體都在這次更新中增加了對軟體舊有版本的升級，升級後的殺毒軟體內設有多種病毒庫升級方式，徹底擺脫了之前升級方式單一的缺陷。至此，wufeifan製造的病毒危機得到了徹底的控制。

「靠！」當劉嘯再次登陸到終結者論壇時，不禁咒罵了一聲，論壇上幾乎所有人都在談論這次殺毒軟體商的集體行動，褒貶不一，但頌揚的明顯多於抨擊，可令劉嘯鬱悶的是，竟然沒有一個人注意到他設計的那款病毒防護軟體。

劉嘯十分納悶，兩款軟體同時下載，而且自己還專門把「快雲工作室」放在很明顯的位置上，這些人怎麼會連問都不問一下呢，難道他們都沒看見嗎？

「奶奶的！」劉嘯心中恨恨不已，看來自己借機提升工作室名氣的計畫又失敗了。這已經是第二次了，竟然還不如第一次呢，至少上次還有人跳出來罵一下，這次人家連罵的興趣都沒有了。

劉嘯看著自己辛辛苦苦幾個小時才搞定的新版防護軟體，一時不知道該不該把這個軟體繼續放到論壇上去，如果放上去沒人看，不也是白放嘛！

想了想，劉嘯最後還是決定發佈，不過他得換一種發佈形式了。

劉嘯坐在電腦前劈哩啪啦敲了老半天，把這次病毒事件的前因後果、來龍去脈整理成了一篇文章，最後他自己讀了一遍，不禁都有些佩服自己，「緊張！精彩！就跟小說似的！」

劉嘯滿意地看著自己的作品，他準備把這個發出去，一是可以吸引一下大家的注意力，大家都知道病毒危機，但他們所知道的不過是一些表面的支離破碎的東西，其中的精彩故事他們一定不知道；二是劉嘯想通過這次的事件讓所有人正視防禦未知病毒的重要性；三呢，劉嘯就可以順勢放出自己的新版防護軟體，這樣就不會有人說他是借機出名了。

檢查完畢，確實沒有什麼錯誤失誤的地方，劉嘯就把這篇文章放了出去，末了他還不忘在文章的最後寫上「快雲工作室出品」幾個字。

「啊啊啊！」劉嘯站起來，舒展著身子，連續奮戰好幾個小時，現在腰有點受不了了，揉了揉眼睛，劉嘯跑去洗把臉喝口水。

等他再次回來電腦前，差點沒嚇一跳，他剛才發的帖子瞬間被頂到了二十多頁，這在終結者論壇是從來沒有過的事情。

「不會是又來罵我的吧！」劉嘯心裏突了一下，深吸一口氣，點開了自己的帖子。

頂在最前面的，是那幾個殺毒軟體的人，現在他們都在終結者論壇設立了專區，沒辦法，終結者論壇的影響今非昔比，一些小型安全商以及國外的殺毒軟體都在這裏設立了專區，他們要是不設，就等於把這塊陣地拱手送給他人，他們是不會那麼傻的。

「呼！」劉嘯長出一口氣，還好，不是罵自己的。劉嘯在這次逆轉中出了多大的力，那些殺毒軟體商心裏最清楚，所以劉嘯一發帖，他們就趕緊給頂了起來，以示支持。

劉嘯再往下面一看，心裏高興起來，看來自己這招還真用對了，大家的情緒都被自己的帖子給吊了起來。

事實真相的力量就是這麼強大，大家都知道病毒在擴散，可並不知道病毒到底是誰製造的，他為什麼要製造病毒，病毒又是怎麼傳播的，它究竟能造成多大的破壞？為什麼所有的殺毒軟體在病毒面前都失效了，殺毒軟體商採取了什麼措施，最後又是怎樣逆轉，將病毒予以消滅。

劉嘯的帖子徹底解開了大家心中的所有疑惑，論壇一時熱鬧無比，都在議論這件事情。誰也不會想到，網上竟然會存在這麼一個強大的病毒集團，他們從製造病毒到傳播病毒，全部都採集團化，一旦發動攻擊，他們則步調一致，目標明確，能在瞬間就釋放出最大的攻擊能力，讓殺毒軟體商都束手無策。大家幾乎一致認同劉嘯的觀點，殺毒軟體必須要能夠預見和發現未知的病毒，不然此類的事件還會再次重演。

劉嘯很激動，把手指捏得啪啪直響，他沒想到自己的帖子能引起這麼大的回響，看來是到了放出防護軟體的時候了。

第五章　主動防禦

在這篇文章裏，劉嘯第一次提出了一個反病毒的概念：主動防禦。就像托瓦茲當年製造出Linux作業系統一樣，他也只是把自己設計的Linux系統核心源代碼放到了網上，之後在許多人的集體創作之下，Linux就誕生了。

劉嘯在屋子裏轉了兩圈後，又改變了主意，他決定再寫一篇文章，來介紹自己設計病毒防護軟體的思路以及原理，然後把這款防護軟體的源代碼拿到終結者論壇去公開，讓所有的同行都來共同參與開發，共同完善。

在這篇文章裏，劉嘯第一次提出了一個反病毒的概念：主動防禦。

就像托瓦茲當年製造出Linux作業系統一樣，他也只是把自己設計的Linux系統核心源代碼放到了網上，之後在許多人的集體創作之下，Linux就誕生了。

「唉……」劉嘯嘆了口氣，自我解嘲道：「人家托瓦茲公佈了源代碼，名字就被拿去命名小行星，現在自己公佈源代碼，不知道會不會也有這個待遇！」劉嘯笑完，就把帖子發了上去。

等了幾分鐘，劉嘯一刷新，這次關注的人還是很多，但頂帖的人明顯少了，現在的終結者論壇是以看熱鬧的人居多，能夠看懂技術資料的內行只是少數，但這些內行都肯定了劉嘯的這種共用精神，並表示會把這個軟體繼續完善下去。終結者論壇的管理員看到這個情況，又專門劃了一個專區，以供這些技術內行繼續開發這套病毒防護軟體之用。

劉嘯在帖子裏翻了翻，沒有看到那些殺毒軟體商的名字，劉嘯便無奈地笑了笑，有才怪呢，如果自己的這個防護軟體真的被諸位高手合力完善起來，那這些殺毒軟體商不是都沒生意做了嘛，自己這是在砸人家的飯碗，人家怎麼會支持。

該弄的都弄了，劉嘯此時有些堅持不住了，他準備去休息一下，反正wufeifan就算是再放出病毒來，自己也不怕，自己的這款防護就是為他特製的，現在不僅僅是可以防範wufeifan的新病毒，還可以通殺wufeifan之前的所有病毒，甚至是其他的病毒，劉嘯的這款防護軟體也有很好的預防和查殺能力。

「最後看一遍，沒事就睡覺去了！」劉嘯抱著這種心態又刷新了一遍論壇，結果發現上面出現了一個新帖子，帖子的標題寫著：「質疑主動防禦型殺毒軟體的可行性！」發帖人的ＩＤ，便是劉嘯再熟悉不過的「未來終結者」！

「靠！」劉嘯頓時睡意全無，「wufeifan這廝看來是還想繼續玩下去啊！」

點開帖子，劉嘯快速地流覽了一遍，wufeifan在文章裏沒有針對劉嘯設計思路的細節進行反駁，而是在提醒劉嘯：

「你記住了病毒的所有特性，傳染性、非法性、隱蔽性、潛伏性和破壞性，你根據這些特性來判斷一個程式是否為病毒，但你卻恰恰忘記了病毒的最後一條特性，那就是不可預見性！」

wufeifan的意思很明確，正是由於病毒的這種不可預見性，就會給病毒帶來許多新的特性，如果只是以教科書上定義的這幾種病毒特性來設計軟體防禦未知的病毒，等於是緣木求魚，最後只能是癡人說夢罷了。

帖子的最後，wufeifan再次發出挑戰，「我會用事實來證明自己的觀點是正確的，也會用事實來告訴你：你太幼稚了！」

「切！」劉嘯對著電腦豎了根中指，「要來就來，老子又不會怕了你！」劉嘯絲毫沒把wufeifan的這個挑戰放在眼裏，你能用事實證明你的觀點，那我同樣也可以用你的失敗來證明我的觀點！

「走著瞧吧！」劉嘯哼哼了一句，起身關了電腦，趴到床上休息去了。

也不知道睡了多久，反正劉嘯覺得自己才剛閉上眼，稍微有點迷糊而已，電話便叫了起來，劉嘯實在是不想爬起來，翻了個身繼續去睡，但那電話一直在響！

「蒼天啊！」劉嘯極其痛苦地慘叫一聲，伸出一隻手在床上亂摸，好不容易才摸到了電話，湊到眼前一瞅，是衛剛！劉嘯這才打起精神坐了起來。

「喂！衛前輩啊，有事嗎？」劉嘯問，如果衛剛說一句「沒事」，估計他能立刻躺倒繼續睡覺。

「嗯，有事！」衛剛偏偏沒有遂了劉嘯的心願，反而問道：「你在幹什麼呢，怎麼半天不接電話！」

「哦……」劉嘯還在迷糊，「什麼事？」

「wufeifan又放出了新病毒了，這次是專門針對你的！」衛剛說道。

「嗯？」劉嘯有點反應不過來，「什麼時候的事？」

「一個多小時前吧！」衛剛笑了起來，「多虧了你小子在論壇上又去挑唆他，讓他放出了這個新病毒，要不然我們還真無法確定那小子的病毒源頭呢！現在全妥了，網監部門已經鎖定了wufeifan絕大部分的病毒散播源頭。真是驚人啊，也不知道這小子經營了多少年，竟然會有如此龐大的一個病毒散播管道，幸虧發現得早，要是再讓這小子發展兩年，估計就成網路第一大害了。」

劉嘯終於清醒了，不過他有些搞不清楚，自己好像沒去挑唆wufeifan吧，明明是wufeifan在挑釁自己，「衛前輩，你詳細說說，到底是怎麼回事！」

「不就是你發了個帖子，說能封殺未知病毒嗎！」衛剛反問，隨即繼續說道：「wufeifan不服，就又放出了一個新的病毒，完全可以逃過所有針對病毒特性的判斷，這小子是想炫耀自己的技術來著，沒想到卻徹底把自己的老底給暴露了。」

衛剛說到這裏又是大笑，「真是太有意思了，這小子的這個病毒居然別出心裁，具有詐騙的功能，還弄了個帳號負責收錢，這下讓網監的人給揪住尾巴了，現在正在全力追查這小子的真實身分呢。」

「你詳細說一下！」劉嘯有點急了，「到底怎麼個詐騙法啊！」

「我現在就把那病毒給你傳過去！」衛剛還是憋不住地笑，「你看完就明白了！對了，這次既然是針對你的，那這事就由你來收拾吧，你負責把這個病毒給搞定！」

看來衛剛是要放棄和劉嘯的比試了，爭來爭去也沒什麼意思，如果真要是和wufeifan一對一地比試，估計自己和劉嘯都不是他的對手，不是輸在技術上，而是wufeifan在掌控病毒方面的能力實在是太恐怖了。

掛了電話，劉嘯才看清楚了時間，原來自己已經睡了將近六個小時了，劉嘯撓撓頭，怎麼覺得好像沒睡呢。他在臉上拍了幾下，起身去開了電腦，打開郵箱，衛剛的信件已經發了過來。

劉嘯把附件裏的病毒放到虛擬系統裏運行，按照平時的習慣，一分鐘後，他從虛擬系統裏取出了監控器的記錄報告，打開一看，劉嘯傻了，任何異常的記錄都沒有。劉嘯開始冒汗，難道wufeifan這小子還真成了神仙不成，病毒運行之後毫無異常行為，這也叫病毒嗎？

兩分鐘後，劉嘯再取出報告，還是沒有異常行為的記錄。三分鐘後，沒有！五分鐘後，沒有！十分鐘後，依然是空白！

「我靠！」劉嘯拍了桌子，「難道這狗日的監控器壞了？還是虛擬系統出毛病了？」

劉嘯把虛擬系統重新啟動了一次，確認系統沒有異常，他準備再把病毒運行一遍，結果卻發現虛擬系統的桌面上似乎多了一個圖示。

「這是什麼？」劉嘯點開那個圖示，結果彈出一個視窗：

「由於你使用了盜版的作業系統，現在系統已經將你的所有文檔、報表檔以及資料庫銷毀。如果你想恢復此類文檔，請向銀行帳號xxxxxxxxx匯入人民幣二百元，之後把匯款帳號發送至手機13923456789，你就會得到一個正版系統啟動碼，請將得到的啟動碼輸入本程式下面的啟動框內，你的文檔就會恢復。謝謝你的配合，請支持正版！」

「我靠！」劉嘯崩潰，這wufeifan竟然時時不忘用病毒賺錢，這次也不例外，這種招數都用了出來。

劉嘯趕緊在虛擬系統上翻了翻，果然，自己放在上面的幾個word檔都消失了，這絕不是設置了隱藏屬性那麼簡單，而是真的不見了！

「咦！」劉嘯撓著頭，真他娘的出了怪事，這檔案是怎麼消失的呢，為什麼監控器一點反應都沒有。

劉嘯打開監控器，重新對監控器做了一番設定，這次他要記錄病毒的所有動作，而不是之前的只記錄異常行為。如果這次再沒有任何記錄出現，那劉嘯就真的要崩潰了。

重新點擊運作了那個病毒檔後，劉嘯耐著性子等了好半天，才從監控器中取出了記錄報告。這次有了記錄，但只有一條，劉嘯一看，病毒運行之後沒有改變系統的任何設置，也沒有破壞系統的任何功能，只是用用戶的身分發出一條指令：搜索硬碟上所有的文檔、報表檔以及資料庫檔。

劉嘯有點明白了，肯定是病毒把搜索出來的檔給藏了起來，然後借此對電腦的用戶進行敲詐，那個所謂的「因為你使用了盜版作業系統」的話，根本就是個藉口，這是在跟電腦用戶玩心理戰呢。

劉嘯的虛擬系統上是沒有什麼重要的檔，但這病毒又不是只感染劉嘯的電腦，如果病毒感染了某公司存放重要資料的電腦，那別說是兩百塊錢，就是兩萬，你也得乖乖掏錢。這wufeifan還真是生財有道啊！

但病毒究竟把那些文檔藏到了什麼地方？劉嘯很鬱悶，不得不在虛擬系統上又新建了一個空的文檔，然後再次運作了病毒。

等了一會兒，取出監控器的報告一看，劉嘯就迅速切換到虛擬系統上一個隱藏很深的目錄上，結果發現，所有丟失的檔都在這裏，只是被加了密，打開後已經面目全非，如果想要恢復原來的原始資料，就得購買wufeifan的那個什麼「正版系統啟動碼」了。

劉嘯此時在心裏不得不佩服wufeifan，他放出的這個東西，除了具備不可預見性外，病毒的特性是絲毫不沾邊，它不傳染、不破壞、不隱藏，所發出的指令也是最平常不過的指令，要是根據這個來判斷它是病毒，那就完了，用戶都無法在自己的電腦上轉移檔案了。

wufeifan的這個病毒還說明了另外一個事實，那就是未來的病毒會越來越不像病毒，教科書上關於病毒的定義已經快過時了，而且病毒的技術含量會越來越低，病毒製造者並不需要什麼高深的編程技術，只需要在其他地方多動些腦筋就可以。

劉嘯皺眉撓著頭，對於這種病毒，還確實沒有什麼好的防禦辦法，至少自己目前想不到，不具備病毒的特徵和行為，你又怎麼來防禦呢?!

「算了，還是讓那些反病毒的商家去頭疼吧！」劉嘯決定放棄，自己只要把現在這個病毒解決了就行，哪管得了以後那麼多病毒呢，他目前還沒打算要把畢生的時間都奉獻給反病毒事業呢。

劉嘯把解密工具調過來，對這些加密的檔進行破解，希望得出wufeifan的加密演算法。看看熊老闆送自己的那台新電腦閒置在一旁，劉嘯決定雙管齊下。他打開新電腦，把wufeifan放在桌面的那個啟動碼程式弄了過來，然後試圖去做一個註冊機。只要掌握了wufeifan的啟動碼規律，或者知道對方啟動碼產生的演算法，註冊機就可以生出很多正確的啟動碼，有了這些啟動碼，wufeifan的程式就會自動解密並且還原那些文檔。

這次的這個敲詐病毒並沒有造成多大的影響，所以劉嘯將病毒分析和註冊機發到終結者論壇時，並沒有引起多少人的關注。

幾乎是wufeifan剛剛放出病毒的時候，網監就封殺了他的病毒散播源頭和管道，wufeifan苦心經營多年的傳毒管道就此宣告破滅，他本人可能此時也正面臨著網監追根究底的調查。劉嘯是不會同情wufeifan的，這種網路毒瘤越早摘除就越好，而且wufeifan也是活該，他太猖狂了，別人消滅了他的病毒他也要去找別人報復，為逞一時之快去跟衛剛挑戰，最後卻將自己的老本搭了進去，真是報應不爽啊！

病毒事件到了這裏，算是暫時畫上了一個句號，一切都恢復了往常的樣子，只有wufeifan下落不明，他的真實身分一直是個謎。

劉嘯的工作室現在算是小有名氣了，可一直也沒開張，這讓他很費解，難道網路真的就那麼和諧，都沒有人遇到什麼棘手的問題需要解決嗎？

百無聊賴之下，劉嘯只好繼續追蹤詐騙集團的事。劉嘯根據那天和那個副站長的聊天記錄，把那個叫做冰龍的人的老底也翻了出來，這是一個性質完全相同的集團老大。

不過，劉嘯比對兩個集團的資金賬目，竟然發現了一些奇怪的地方，這兩個盜號集團雖然是競爭對手，暗地裏卻有資金的往來，最讓人奇怪的是，兩個集團每月的收入中，都有一大筆錢去向不明，兩個集團帳本中對於這筆資金的備註都一樣，只有兩個字：上繳。

「上繳？」劉嘯站在窗前望著遠處，「他們要向誰上繳呢？難道說在這兩個盜號集團的背後，還有一個更為龐大的集團來操縱運作嗎？」

可劉嘯在得到的所有資料裏翻了個遍，也沒有找到任何和幕後集團有關的線索。劉嘯嘆了口氣，返回電腦前，「可能是自己多慮了吧，也許這個上繳只是他們的一句行話，說不定這些錢是拿給自己的成員買保險去了呢！」

劉嘯笑了笑，隨即把這些資料給ＱＱ公司發了過去，雖然劉嘯恨這些螞蝗，不過他相信還有人比自己更恨這些螞蝗。

「嘿嘿，要怪就怪你們自己不長眼，給誰發尾巴消息不好，偏偏發給我！」劉嘯起身關了電腦，他要出門溜達溜達去，反正待在電腦前也不會有生意上門。

他在街上毫無目的地轉了幾圈，才發覺自己真的很可憐，來海城這麼久，朋友沒幾個，想找個人說話都不知道該去找誰。

劉嘯此時突然特別想念以前那些哥們，大魏、小武，還有最讓他牽掛的張小花，不知道他們最近過得怎麼樣！劉嘯就在路邊找了個地方坐下，掏出手機，給大魏、小武他們都發了一個問候的短訊，到張小花的時候，劉嘯的手在電話上摩挲了很久，最終也沒決定是不是要發這個短信。

當初離開封明時，劉嘯就決定此後再也不和張小花聯繫了，自己和張小花注定是永遠都不會有交集，既然沒有結果，與其讓周圍的人都跟著難受，倒不如痛快地撒手。

劉嘯坐在街頭，仰望天空，覺得非常悶，此刻的他，心情差到了極點，「原來要把一個人忘記真的很難！」劉嘯嘆氣，低頭看著路面，有隻螞蟻爬來爬去，「就像這隻螞蟻，不知什麼時候，牠就會從心底鑽出來，鑽得你心癢，鑽得你心痛。」

螞蟻在路面發現了一個麵包渣，鉗住之後迅速往自己的老巢撤退，剛剛爬過一塊地磚的距離，就見一雙黑皮鞋走過，螞蟻頓時粉身碎骨！

「媽的！」劉嘯不知哪裡冒出來的火，騰地站了起來。

黑皮鞋的主人嚇了一跳，「你……你幹什麼！」

「嗡嗡，嗡嗡！」劉嘯的手機此時叫了起來，劉嘯狠狠地盯了黑皮鞋足足有十秒鐘，才咬咬牙，接起了電話。

「神經病！」黑皮鞋還了劉嘯一個白眼，轉身快步離去。

「喂！我是劉嘯！」劉嘯喊道。

「我知道你是劉嘯！」電話裏傳來一個甜美的女聲，「猜猜我是誰！」

劉嘯皺了皺眉，「是你啊，找我有什麼事嗎？」電話是劉晨打來的，此刻劉嘯最不想接的電話，大概就是劉晨的。

「找你當然有事！」劉晨笑呵呵地說道，「聽說你搞了個工作室？」

「是！」劉嘯應了一聲。

「很多起點，但終點只有一個的快雲工作室？」劉晨明知故問，把劉嘯的廣告詞都拉了出來。

劉嘯再次皺眉，「是！」

「那就沒錯了！」劉晨繼續笑著，「我找的就是你！」

劉嘯不知道劉晨這是什麼意思，自己的工作室一筆業務都沒開張，根本不會和網監有任何牽扯。

「我們在一個起點遇到了麻煩，找你要終點來了！」劉晨笑著，「怎麼樣？有興趣嗎？」

「你們還需要人幫助？」劉嘯非常詫異，網監擁有那麼大的資源，什麼搞不定，他覺得劉晨找自己肯定不是什麼好事。

「提高辦事效率嘛！我們網監也不是神，也有遇到麻煩事的時候！」劉晨催促著，「怎麼樣，痛快點，一句話，幹不幹？」

「起點在封明市？」劉嘯問道。

「是！」劉晨確定。

「不幹！」劉嘯很乾脆地回絕了，「和封明有關的，我都不幹！」

「你這人怎麼這樣？」劉晨急了，她本以為是十拿九穩的事呢，沒想到劉嘯想也不想便拒絕了自己，「你不能因為張氏把你攆出去，你就把整個封明都恨上吧！再說了，我是好意，又是代表網監向你發出邀請，你怎麼能這樣呢？」

「你們愛請誰請誰去，反正我不幹！」劉嘯說完直接掛了電話，此時他正痛苦著呢，就是玉皇大帝親自來請他，他也不會去封明的。

回身再去找那隻螞蟻，螞蟻的屍體卻早已被風不知道吹到哪裡去了，劉嘯很悲哀，有一種感同身受的感覺，自己對張小花的思念像螞蟻一樣，在心底鑽進鑽出，但最後卻也只能是個粉身碎骨的下場。

「唉……」劉嘯嘆了口氣，起身離開。

剛走兩步，電話又響了起來，劉嘯猜想又是劉晨打的，就不想接，任由電話響著，電話響了十來下後便不再作響。

回到家，劉嘯打開電腦，ＱＱ公司發了一封感謝信過來，稱他們已經報案，估計兩三內就會將這兩個ＱＱ盜竊集團徹底搗毀，ＱＱ公司非常感謝劉嘯提供的線索和證據，並希望劉嘯能留下真實的聯繫方式，他們要給予劉嘯實質性的感謝。

「切……」劉嘯嗤了口氣，自己又不是衝著什麼感謝去的，自己只是看不慣這些人的行徑，要將他們繩之以法而已。

劉嘯順便打開了自己工作室的網站，沒幾個留言，也沒有人要尋求幫助，看來自己的這第一單生意還真是開張不了了，劉嘯此時有點後悔，覺得自己扣劉晨的電話有點過分了，就算當時的心情再不好，也不應該把氣撒到劉晨身上。

劉嘯把手機掏了出來，決定給劉晨發個短信道歉。打開手機一看，「壞了！」原來剛才沒接的那個電話，不是劉晨打的，而是衛剛打的。

劉嘯匆忙給劉晨發了條短信，然後就撥了衛剛的電話。

「衛前輩，我是劉嘯！你找我有事？」劉嘯慌忙解釋著剛才的事，「我剛才沒聽見手機響！」

「沒事！沒事！」衛剛笑著，「我還正想著要給你再打個電話呢，你打過來正好！」

「有事？」劉嘯問著。

「唔，再過一會兒，我就到海城了！」

劉嘯「啊」了一聲，隨即道：「那我去接你！」

「不用不用！」衛剛連忙笑道，「我們開車過來的，住的地方也訂好了，在榮華大酒店，你到那裏等我就可以了。我有個朋友想見見你，大家認識一下。」

「那行，我現在就過去！」劉嘯說完掛了電話，再次出門，剛好他還要問問衛剛那個wufeifan的下落。至於衛剛說的那個朋友，劉嘯倒沒有什麼特別的興趣，不過多認識一個人也好。

「請問！」劉嘯來到榮華大酒店的前臺，「有位叫衛剛的客人在這裏訂了房間，他現在到了沒有？」

「請稍等，我幫你查一下！」前臺的服務員迅速在記錄本上查了一下，然後道：「你好，衛先生還沒有辦理入住登記！」

「謝謝！」劉嘯轉身走到大廳的休息區，看來衛剛還沒到，就在這裏等一會兒好了。

剛一坐下，劉嘯就聽見有人叫自己，往門口一瞅，衛剛提著包包正步入酒店大廳，身後還跟著一個三十來歲的人，拖著個箱子，表情嚴峻，給人一種飽經滄桑的感覺。

劉嘯急忙迎上去，接過衛剛的包包，「衛前輩，你來應該提前給我打個招呼！」

「呵呵，都是熟人，這麼客氣幹什麼！」衛剛笑著，「我也是一時興起，就跑了過來！」說完忙指著自己旁邊那人，「來，我給你介紹，這是我的好朋友，李易成。」

「李先生你好！」劉嘯伸出手笑道：「劉嘯！」

李易成放下拖箱，雙手緊緊握住劉嘯的手，口中連連說道：「你好，你好，我早就想認識你了。」

劉嘯被李易成的這熱乎勁給弄得有些摸不著頭腦，這人怎麼回事啊，大家不過是第一次見面，用不著這麼熱乎吧。

衛剛此時笑道：「別站在這兒了，上去再說吧！」

李易成這才放開了劉嘯的手，道：「對對對，上去說，上去說！」

三人把行李放到房間，然後去餐廳吃飯。

飯桌上，衛剛才又重新給劉嘯介紹了一下李易成，「嚴格說起來，易成大哥還是我進入反病毒界的領路人，國內五大殺毒軟體，有三家都是易成大哥捧起來的，他們現在用的反病毒核心都是沿用易成大哥當年的設計，呵呵，易成大哥才是國內反病毒界當之無愧的NO.1。」

李易成連連擺手，「說這個幹什麼！」

劉嘯此時突然想到了什麼，「李先生是不是當年傳得很熱的『燕子李三』？」

「就是他！」衛剛笑呵呵地說著。

劉嘯頓時肅然起敬，起身又重新和李易成認識了一下，「失敬失敬！原來是李前輩！」

李易成外號「燕子李三」，「李」是指他的姓，而「三」就是指他曾經捧起來的三家反病毒軟體。燕子是候鳥，一生之中總在不停地南北遷徙，這個外號送給李易成真是再也恰當不過，當時，他三年換了三個殺毒軟體商，每一個都因他的參與而名聲鵲起，從而在國內反病毒界佔有一席之地。

劉嘯雖然對反病毒界的事情不是很瞭解，但「燕子李三」的故事他還是聽說過的，由此可見李易成當年名氣之大。不過，此後李易成卻神秘消失，幾年之內都沒有聽說過和他有關的任何消息，今天在這裏碰見，確實讓劉嘯有些意外。

李易成也站了起來，一臉的苦笑，「不要老叫我前輩前輩的，你叫我李大哥就行了！」

「可惜易成大哥這幾年走背運，被小人暗地裏使壞，白白折騰了幾年，什麼也沒幹成！」衛剛說起來，一副恨恨的表情。

那李易成又恢復到一臉滄桑的表情，嘆了口氣，「算了，事情都過去了，不要再提了，說眼前的事，說正事！」

「行，說正事！」衛剛看著劉嘯，「我這次來海城，就是被易成大哥給押著過來，沒有別的事，他非要過來向你道一聲謝！」

話音剛落，李易成就站了起來，朝劉嘯鞠了一躬，「謝謝你了，劉嘯！」

這個舉動差點沒把劉嘯給嚇傻，急忙站起身去攔李易成，椅子都被他給弄翻了。

「這是怎麼回事啊！」劉嘯丈二和尚摸不著頭腦，心想我們以前從未見過面，也不認識，今天頭一回見面你就謝我，是不是搞錯了啊，他急忙把求助的眼神拋向了衛剛。

衛剛也站了起來，「我說易成大哥，你也太心急了，話都還沒說清楚呢你就謝，非得把劉嘯嚇出毛病不可。」

「我這就是感激！感激……」李易成尷尬地笑了笑。

「都坐都坐！」衛剛被李易成給搞得有些哭笑不得，對劉嘯道：「劉嘯你先坐，別介意，易成大哥就這樣，性情中人，心裏藏不住事，要不然也不會這麼著急把我押到海城來。」

劉嘯把椅子扶起來，看李易成坐好了，自己這才坐下，然後就看著衛剛。

「是這麼回事！」衛剛咳了兩聲，清了清嗓子，「你前幾天不是在論壇上提出一個主動防禦的概念嗎？」

「對呀！」劉嘯點頭，可這跟李易成有什麼關係呢。

「其實這個主動防禦的概念，易成大哥好幾年前就提出了，他離開那些殺毒軟體商後，自己開了一家公司，搞的就是這個主動防禦式殺毒軟體，早就兩年前，易成大哥就已經做出了相當成熟的產品！」

「啊！」劉嘯大吃一驚，這倒是第一次聽說，原來並不是自己一個人想到了主動防禦啊。

「易成大哥當年的名氣實在是太大了，你想一想，他到哪，哪個公司就火，但他現在要自己單獨幹了，那些個殺毒軟體商能不死死盯著他嘛。」衛剛搖了搖頭，「尤其是他要搞的這個主動防禦式殺毒軟體，和以前的殺毒軟體模式完全不同，一旦做起來，是對整個行業的一種顛覆。於是那些平時鬥得死去活來的殺毒軟體商，這次立場居然出奇一致，聯合起來向電子資訊產業的主管部門施加壓力，易成大哥的產品做出來後，主管部門不給核准銷售許可證，產品就這麼被封殺了。最可恨的是，這些人還通過各種關係來搗亂，今天找這個部門來檢查，明天又是那個部門來說什麼手續不合法，這兩年官司就沒斷過。」

劉嘯有點吃驚，想不到竟然還會有這種事情發生，不過這也難怪，那些殺毒軟體商每年都會貢獻一筆巨大的利稅啊，裏面會牽扯到多方面的利益。劉嘯此時突然有點明白李易成為什麼會一臉滄桑了。

「也怪我！」李易成苦笑著搖頭，「原本我並沒打算非要把這個主動防禦的軟體搞下去，更不想和誰作對，只是連續做了三個殺毒軟體後，覺得自己有些陷入了僵化的模式中，所以想出了這個主動防禦，其實就是尋求一下自我突破。結果這些人翻臉就要把我往死裏整，我當時也是年輕氣盛，心裏就一個念頭，想我就是把所有的家底部拼光了，也要和他們耗到底。」

「易成，易成，我之前走得太順了，總以為不管什麼事，自己都能輕易完成，結果……」李易成嘆氣，「現在回頭想一想，自己和人耗了這麼些年，真是一點意思都沒有，本來我這個主動防禦的概念挺好，加上我又在這方面做了很長時間的研究，從技術上來講，可以算是當時世界上最先進的，可這麼一耽擱，什麼都完了，現在國外一些安全商的水準已經慢慢追了上來。明年全球反病毒峰會的主題就是『主動防禦』。」

劉嘯聽完，唏噓不已，他能理解李易成此刻心中的鬱悶。

「算了，事情都過去了，就不提了！」衛剛笑了起來，「我看也不完全是壞事，至少現在已經沒人能封殺『主動防禦』這個概念了。」衛剛看著劉嘯，「這還多虧了你小子，在病毒事件中趁機炒作，提出這個主動防禦，你是想提升你那工作室的名氣，卻陰差陽錯地把易成大哥給救了。」

「呃？」劉嘯一時沒轉過彎來。

「這次的病毒事件，給主管部門造成了很大的震動，也讓所有人都看到了傳統殺毒軟體的死穴和不足，他們正為這事發愁呢，你小子就喊出個『主動防禦』，這不是剛好說到了那些主管的心窩裏去嗎？現在他們全力支持易成大哥，產品也拿到了銷售許可，下個月就準備上市。現在正在準備大力宣傳。」衛剛笑了起來，「易成大哥是個重情義的人，他一定要說是你救了他，就把我給押到了海城，哈哈。」

劉嘯有點慚愧，剛才李易成給自己鞠的那個躬，還真是受之有愧啊，自己當時可沒想去救誰，不過是想通過這個概念來吸引大家的眼球，擴大一下工作室的知名度罷了。

李易成從衣服口袋裏掏出一份齊整的紅皮文柬，說：「我本想用一些實質性的東西來感謝你，可我……我那點家底這幾年都拼完了，現在產品要上市，所有的資金都頂了上去，這個你拿著！」李易成說完，把那個紅皮文柬推到了劉嘯跟前。

「我不能要！」劉嘯趕緊推了回去，自己無功不受祿，不管是什麼，都不能要！

「你別著急推辭啊！」衛剛笑著，「你不打開看看？」

劉嘯搖頭，「不用打開，我不能要，兩位前輩這不是在寒磣我嗎！」

李易成不知道怎麼辦好，回頭看著衛剛。

衛剛接過那紅色的文柬，走到劉嘯跟前，道：

「你小子激動什麼啊！吸，看清楚，是請你給他們公司做個技術顧問，有時間呢，你就顧一下，沒時間你就不用顧了。再說，到時候還不一定就能用上你呢！真是的！」衛剛說完，「啪」一聲把文柬甩到了劉嘯面前。

劉嘯舒了一口氣，擦擦汗，原來是這回事啊，「好，那我就收下了，不過我可得聲明，我只把這東西看作是個榮譽，就當是個獎狀！你們可不能當真，有李前輩這樣的高人，哪用得上我啊，呵呵。」

「你小子！」衛剛笑得愈發厲害，「還獎狀呢，上學時沒拿夠啊！」

李易成總算是眉頭舒展開了，舉起酒杯，「來，大家乾一個！」

「預祝李前輩的產品大賣特賣！」劉嘯也站了起來，衷心送出祝福，李易成這樣的天才，不應該被扼殺。

三人第一次喝酒，都喝了個痛快。

第六章　網路詐騙

劉晨拽過報紙，打開念道：「昨夜，三羊市警方火速出擊，成功將兩個盜竊、販賣QQ號碼以及利用QQ進行網路詐騙的集團一網打盡。據悉，這是截至目前國內破獲的最大的一起網路犯罪案件，也是涉案金額最大的一起。」

劉嘯迷迷糊糊從酒店回來，摸到自家門口，拿出鑰匙一捅，根本就沒插進鑰匙孔，但門就開了。

「啊！」劉嘯的酒就嚇醒了一半，抬頭去看門牌，沒推錯門啊，壞了，這八成是被賊給抄家了。

劉嘯趕緊推門進去，就看見有人正坐在自己的電腦前。

「你終於回來了？」那人站了起來，「我以為你躲起來不敢見我了呢！」

劉嘯的汗嘩啦啦地往下流，「我為什麼要躲你？」一邊心想這劉晨真是太猛了，自己不過是扣她一個電話，她竟然立馬就追到海城來。

「你是怎麼進來的？」

「找物業開的！」劉晨老遠聞著劉嘯身上一股酒味，不禁掩了掩鼻子，「說！你今天為什麼要衝我發火？我招你惹你了啊？」

劉嘯過去拿起杯子找水喝，「我白天情緒不好……」

「情緒不好就可以拿我撒氣啊！」劉晨終於發飆了，「我真是瞎了眼，怎麼會認識你這種人，居然還巴巴地趕著給你介紹工作！我拿你當朋友，你卻拿我當出氣筒。我算是看透你了，整個一白眼狼，不識好歹！」劉晨指著劉嘯劈哩啪啦一頓臭罵。

劉嘯等劉晨的口水炸彈發射完，遞給她一杯水，「別生氣，別生氣，是我錯了，我當時就後悔了，完了趕緊給你發了個道歉短信！」

「什麼道歉短信？」劉晨沒接劉嘯的水杯，「這時候你還想糊弄我，你什麼時候給我發過短信道歉了？」

劉嘯一臉驚詫：「我明明發了啊！」

「哪裡有？哪裡有？」劉晨說著，把自己的手機翻了出來，想證明劉嘯是在撒謊，卻發現自己關機了，是上飛機的時候關的，一生氣就忘了開，當下不由語塞，恨恨地開機。

開機沒兩分鐘，手機嗡嗡響了兩下，點開一看，果然是劉嘯的道歉短信。

「靠！」劉晨恨恨地咒了一句，嘴裏嘟囔道：「早知道就不過來了！」憋了半天，對劉嘯道：「那飛機票你給報銷！」

劉嘯忙道：「我報，我報！」又趕緊把水杯遞上去，笑道：「喝口水，消消氣！」

劉晨白了劉嘯一眼，接過水杯，轉身坐到了電腦前生悶氣，她是憋了一肚子火過來的，沒想到才剛發出個小火苗，就發現是個烏龍事件，一時有點尷尬，不知道要說啥好。

「你不會就因為這事專門過來找我的吧！」劉嘯沒話找話，想打破這沉悶的局面。

劉晨一聽，回頭狠狠地剜了劉嘯一眼。

劉嘯再汗，覺得自己這話問得真沒水準，這不是明知故問嘛，於是也有點尷尬，抓耳撓腮想了半天，「你吃飯了沒？」

「沒！」劉晨氣哼哼地說著，「氣都氣飽了！」

劉嘯站了起來，「走走走，我請你吃飯去，就算是給你賠罪，好不好？」

「這還差不多！既然你這麼有誠意，那我就賞臉去吧！」劉晨站了起來，有臺階就下唄。

海城是一座有名的不夜城，這裏的人大多活在一種「三點不漏」的生活方式裏，就是凌晨三點之前不睡覺，下午三點之前不起床，說海城人的生活是從下午三點開始的也不為過，她的晚上甚至熱鬧過了白天。

劉晨上次來沒有逛成，這次總算是逮住機會了，一路狂轉，直到把本來剛吃完飯的劉嘯都給逛餓了，兩人才在街邊隨便找了一家館子吃飯。

水足飯飽，劉嘯的酒也徹底醒了，出了飯店門，一看表：「不早了，該休息了，對了，你晚上住哪？」

「呃？」劉晨一愣，隨即有些不好意思，「當時怒火攻心，光想著找你麻煩了，把這事給忘了！」然後往大街左右來回看了看，「這附近有什麼酒店沒？」

劉嘯撓了撓頭，「平時也沒注意，要不找找看吧！」

「事先說好，房費還是你報銷啊！」劉晨得意地瞟了一眼劉嘯，邁步朝前走去。

劉嘯無奈地搖了搖頭，兩人在街上遛了半天，居然沒發現一間酒店。

「對了，我給你介紹的那活，你到底接不接啊！」

劉嘯一聽，皺眉道：「封明的事情我不想攙和了，這次就算了吧！」

「那不行！」劉晨不讓步，「我人都來了，不會就這麼回去的，這事我非得讓你接了不可。」

「姑奶奶，我謝謝你還不成嗎？」劉嘯頭疼萬分，「我真不想回封明去！」

劉晨笑呵呵地看著劉嘯，「對了，你當初到底是為什麼被張春生給趕出來的？」

「是我自己辭職的好不好？」劉嘯有點急了，「什麼叫被趕出來的！」

「切！」劉晨擺了擺手，「說這話你自己信嗎？張氏的項目上，你讓邪劍給陰了一把，好不容易有ＯＴＥ插手了，正是你報仇的好機會，你會那麼輕易就放棄？」

劉嘯無語，劉晨完全摸準了自己的脈，自己再怎麼解釋也沒用，是啊，自己當時確實是憋了一口氣，想著無論如何都要把在邪劍那裏丟的場子給找回來，最後卻不得不提前出場，真的是非常遺憾。

「回去看看吧！」劉晨看劉嘯有些鬆動，繼續勸道：「ＯＴＥ的人好像已經要開工了，你不想去看看嗎？他們的方案可是獨一無二的，不是什麼人想看就能看到的。」

劉嘯搖了搖頭，「不去了，我本來就對做這種系統沒有什麼興趣。」

「唔……」劉晨突然頓了頓，道：「那個張小花……」

「張小花怎麼了？」劉嘯看劉晨欲言又止的樣子，急忙問道。

「自從你離開封明之後，一直住在家的張小花就搬到學校宿舍去了，聽說是和她父親張春生有了什麼矛盾。」劉晨說。

劉嘯嘆了口氣，「後來呢？」

「後來張春生就天天去學校鬧，要讓張小花回家去，一直鬧了幾個月。」劉晨眉頭緊了緊，「不過就在上個星期，張小花似乎是煩了父親這樣每天來學校鬧，聽說是退學了，然後搬出學校，就此消失了，現在張春生正在封明市挖地三尺地找呢，提供線索獎一百萬，找到真人的一千萬，現在整個封明市的人都瘋了！」

劉嘯看著劉晨，眼睛像一把利劍似的，扎得劉晨有些生疼的感覺。劉嘯不相信劉晨這話是真的，就算張小花因為張春生逼自己離開封明而生氣，也不至於做出如此出格的舉動來，又是離家，又是退學，現在還玩起了失蹤。

劉嘯非常瞭解張小花，雖然這丫頭膽子非常大，但她做事還是很有原則的。再說，張小花從小失去母親，這讓她和張春生的關係非常地親密，她對自己父親的感情非常深，絕不會因為這事就和張春生鬧這麼僵，更不會離家出走。

「怎麼？你不信？」劉晨看出了劉嘯眼裏的懷疑。

劉嘯沒說話，轉身繼續朝前走去，顯得心事重重。

劉嘯心不在焉的樣子讓劉晨有些生氣，往前走了一會兒，劉晨突然站住，嘴裏嚷道：「不找了！不找了！」

劉嘯站住了腳，回頭詫異地看著劉晨，「怎麼了？」

「我累了，不想找了！」劉晨一臉的不耐，「今天就住你家了！」

「什麼？」劉嘯嚇了一跳，家裏那麼小，又只有一張床。

「看什麼看，不行啊！」劉晨瞪了劉嘯一眼，「我睡床上，你打地鋪！」說完就招手叫車。

一輛計程車立刻停在了路邊，劉晨走到車旁，朝愣在原地的劉嘯瞪眼，「上車啊！」劉嘯木怔怔地跟在劉晨後面上了車。

時間確實很晚了，兩人也都逛累了，回去隨便洗漱一下，劉嘯抱了一床新被褥扔到床上，原來的鋪到了地板上，衣服也沒脫，直接鑽了進去。

劉晨洗完出來，掃了一眼，搖了搖頭，上床關燈。

黑暗裏不知道過了多久，劉嘯突然「咳」了兩聲，「你睡了沒？」

「唔……」劉晨哼了一聲。

「我決定了，你的活我接了，明天我就跟你去封明！」劉嘯道。

「嗯？」劉晨在床上直接坐了起來，似乎是有點不相信自己的耳朵，繼而問道：「你說的是真的？你也不問清楚是什麼活嗎？」

「什麼活不是活啊！」劉嘯縮了縮身子，「睡吧！」

劉晨重新躺下，過了一會兒，又坐了起來，問道：「你上次離開張氏，是因為張小花吧？你喜歡張小花，對不對？」

劉嘯沒動靜，不知道是睡著了，還是不願意回答。

「切~，喜歡就喜歡嘛，裝什麼裝！」劉晨拿起枕頭，直接朝劉嘯砸了過去，然後蒙頭就睡。

第二天，劉嘯劉晨各自頂了雙黑眼圈，看來是都沒睡好。

大眼瞪了一下小眼，劉晨樂了，「怎麼了，晚上沒睡好？是不是擔心你的張小花啊？」

劉嘯斜瞥著劉晨，「你不也是黑眼圈嗎？怎麼了，你這是擔心誰呢？」

「切！」劉晨從床上爬了起來，「我是擔心有人晚上睡覺不老實啊！」

劉嘯把被褥捲好，往床上一扔，「這麼巧啊，我也是！」說完頭一揚，趾高氣揚地進了洗手間。

「啊啊啊啊！」劉晨氣得在床上直抓頭髮，「氣死我了！」

半個小時後，劉嘯收拾好幾件隨身衣物，背起筆電，兩人直奔機場而去，準備坐最早的一趟班機回封明。

進入候機室，距離飛機起飛還有一段時間。「找個地方先坐吧，剛好你把事情的詳細情況給我說說。」劉嘯說道。

「哪件事情？」劉晨撇著嘴，故意問道。

劉嘯真想敲她一個爆栗，不過覺得敲警察似乎有點不合適，只好作罷，恨恨地道：「就是你介紹的那個活。」

劉晨長長地「哦」了一聲，「是這個事啊，我還以為是那個事呢！」劉晨得意洋洋地往椅子上一坐，「這個事是這樣的……」

劉晨說到這，發現劉嘯眼睛在盯著別的地方，不知道在看什麼，「喂，你到底要不要聽啊！」

「稍等一會兒，我去去就來！」劉嘯說完，逕自往候機室的商店走去。劉晨有些納悶。

不一會兒，劉嘯回來，手裏多了一份報紙，往劉晨身邊一坐，翻開報紙，就見上面有一個大大的標題：「警方搗毀網路最大ＱＱ盜竊詐騙集團。」

劉晨此時回頭再去看，發現那人報紙朝外的，也是這個標題，不禁汗顏，這劉嘯的眼睛竟是比自己這個警察還要更利。

劉嘯看完這條新聞，合上報紙，似乎在琢磨著什麼。

「說什麼啊！」劉晨拽過報紙，打開念道：

「昨夜，三羊市警方火速出擊，成功將兩個盜竊、販賣ＱＱ號碼，以及利用ＱＱ進行網路詐騙的集團一網打盡。據悉，這是截至目前國內破獲的最大的一起網路犯罪案件，也是涉案金額最大的一起。警方此次共抓獲犯罪嫌疑人二十三人，現場查獲網路設備數十台，現金四十多萬，各式銀行卡、銀行帳號上百個。根據犯罪集團的內部賬目記錄，這個只有十多人的小集團，每年的非法收入高達一千萬左右。

ＱＱ是國內最大的即時通訊軟體，市場佔有率高達九成以上，用戶數億，已成為網路通訊中不可或缺的工具。一些別有用心的人，就將目光投向了這裏，他們利用盜號木馬盜竊用戶的ＱＱ號，修改密碼後進行出售，並利用用戶的好友資源進行錢財的詐騙。警方在此提醒各位網路用戶平時一定要做好殺毒軟體的升級工作，防止木馬入侵，並提高警惕，謹防有人利用來騙取錢財。

據負責此次抓捕行動的王警官透漏，此次抓捕行動之所以能夠如此成功，是因為事先收到了某駭客提供的確鑿線索，警方在此感謝這位不知名的駭客，並希望大家能夠提供更多的線索，共同維護和淨化我們的上網環境。」

劉晨讀完，看劉嘯還在那裏思索，不禁有些納悶，這消息沒什麼奇怪的地方啊，這種事情在網監是再也正常不過的了，每搗毀一個，媒體都會說這是有史以來最大的，然後提醒大家注意云云。

劉嘯還在皺眉，他一直對那帳本上的「上繳」兩個字有些困惑，他本以為警方會按兵不動一段時間，等完全摸清楚這上繳的情況後才下手，沒想到警方這麼快就動手了，看來應該是ＱＱ公司給警方施加了不小的壓力。報紙的報導對「上繳」兩字隻字未提，劉嘯沒有得到自己想要知道的消息，所以有些鬱悶。

劉晨又把這消息讀了一遍，還是沒發現有什麼奇怪的地方，不禁有些生氣，把報紙往劉嘯身上一拍，道：「劉嘯，你小子到底在搞什麼名堂！」

劉嘯還沒回答，就聽不遠處有人在喊自己的名字。

兩人回頭去看，就見一人拖著箱子走了過來，正是藍勝華。

「我剛一進候機室，就聽見有人喊劉嘯，我心想應該不會這麼巧吧，沒想到還真是你！」藍勝華走到兩人跟前，「你這是要幹什麼去呀？」

劉嘯笑了笑，「藍大哥，真巧啊，我接了個活，去趟封明！」

「封明？」藍勝華笑了笑，「怎麼？要故地重遊了？」

劉嘯笑著，轉移話題：「藍大哥你這是幹什麼去？」

「去外地，有個專案需要我過去做個技術評估！」藍勝華看著一旁的劉晨，「這位是？」

「劉晨！」劉嘯忙介紹道：「是我的好朋友，在封明市的網監部門工作！」

「看來我們是同行啊，呵呵，不過一個在公，一個在私。」藍勝華笑了起來，趕緊掏出名片，「鄙人藍勝華，軟盟科技的技術總監，幸會幸會！」

劉晨接過名片，「久仰你的大名，真是幸會！」

三人又坐了下來，藍勝華便拉著劉嘯問起那病毒事件的前因後果，順便刺探劉嘯工作室的情況，得知工作室不景氣，藍勝華立刻老調重彈，讓劉嘯放棄工作室，到軟盟來上班，看來他還是不死心，真是韌性十足！

劉晨插不上話，拿過報紙，翻看著其他新聞，又翻到ＱＱ盜竊集團那頁時，就聽藍勝華「咦」了一聲，然後頭往這邊湊了湊，道：「劉警官，你手上的報紙可否借我看一下！」

「當然可以！」劉晨順手就把報紙遞了過去，等發現藍勝華也在看那消息，不禁有些好奇，問道：「怎麼，藍總監對這消息也這麼感興趣？」

「劉警官怎麼會這麼問？」藍勝華笑了笑，反問：「難道還有別人對這消息感興趣麼？」

「他唄！」劉晨朝劉嘯呶了呶嘴，「報紙他買的，就為看這一條消息！」

「呵呵，」藍勝華笑著點頭，不再說什麼，專心看那消息去了，看完後，指著報紙道：「現在這些做報紙的，真是太不敬業了，就會靠個標題來唬人，一牽扯到實質性的東西就沒了。」

劉嘯深有同感，不住點頭。

「我覺得很好啊，該說的都說了，能報導的也都報導了！」警方給媒體發佈消息的時候，向來就是這個模式，所以劉晨覺得這消息沒一點可挑的，想了想，道：「唔，唯一奇怪的地方，就是那個什麼駭客！」

劉嘯和藍勝華都點了點頭，表示認同。

劉晨此時突然盯著劉嘯，「你這麼感興趣，該不會你就是那個駭客吧？」

劉嘯頓時瞪大了眼睛，趕緊搖頭，「你別瞎說，怎麼可能是我！」

劉晨撇了撇嘴，「不是你，你這麼緊張幹什麼。」然後又看著藍勝華，「那就是藍總監了，藍總監是做安全的，平時嫉惡如仇，估計是對這些傢伙恨之入骨的。」

劉晨說話辦事，處處都帶著自己的職業風格。

「呵呵！」藍勝華笑著，「劉警官的想像力還真是豐富啊！」說完把報紙一合，又給劉晨遞了回去。

此時廣播響了起來，「飛往封明市的旅客請注意，登機的時間到了，請到廿七號檢票口排隊驗票，準備登機！」

劉嘯和劉晨站了起來，「藍大哥，那我們就先走了！」

藍勝華也站了起來，囑咐道：「一路平安！」

「你也一樣！」劉嘯說完，背起包，和劉晨朝登機口走了過去。

臨過驗票口，劉晨突然停了下來，扭頭朝回看，發現藍勝華拖著箱子正朝另外一邊走去。

「看什麼呢？」劉嘯推了推她，「趕緊走吧！」

「沒什麼！」劉晨看著藍勝華的背影，「就是覺得有點奇怪而已！」

上了飛機，坐好後，劉嘯又回到之前的話題，「說吧，你這次讓我到封明，究竟要幹什麼？」

劉晨稍微整理了一下思路，「是這樣的，其實也不單單是封明市的問題，不過問題最先是出現在封明的！」

「具體說說！」劉嘯順手繫好安全帶。

「一個月前，我們接到封明大學的報警，說是發現很多學生的成績被修改過了，原來很多不及格的成績，一夜之間全變及格了。」劉晨頓了頓，「我們接手之後，迅速對封明大學那台保存學生成績的伺服器進行了技術鑒定，伺服器上沒有任何發現遭到入侵的日誌記錄，此後對那些分數有過改動的學生進行了問詢。很奇怪，這些學生都說是突然之間接到了電話，或者收到E-MAIL，問需不需要修改分數，而那些沒有不及格的人則從未接到過此類的電話和E-MAIL。」

劉嘯稍微一思索，「能這麼清楚知道學生的成績以及聯繫方式，伺服器又沒有從外部入侵的痕跡，那就是內部作案啊，應該是學校負責伺服器維護和成績更新的人嫌疑最大。」

劉晨笑著搖頭，「剛開始我們也是這樣認為的，後來卻發現完全不是這麼回事！」

「嗯？」劉嘯一臉詫異，「那是怎麼回事？」

「封明大學此事一出，省內其他多所大學也相繼發現了不同程度學生成績被改的事實。」劉晨白了一眼劉嘯，「你能說這麼多所學校負責伺服器維護的老師都出了問題嗎？」

劉嘯皺眉搖了搖頭，這麼多所學校的教務系統都出了問題，那就不可能全是學校這方的原因了，看來這事應該是高手做的。

劉晨繼續說道：「我們到這幾個學校的伺服器上看了，對方的入侵記錄全部被刪除了，此人非常謹慎小心。後來，我們只好對所有改過成績的學生重新進行調查，結果發現了一個很重要的線索，對方最初曾使用過一個QQ號碼，他就是用這個號碼和那些成績不及格的學生進行聯繫。」

「那你們想讓我做什麼？」劉嘯有些納悶，這不是都查清楚了嗎。

「讓你幫我們追蹤這個QQ，以及背後的人！」劉晨頓了頓，「使用這個QQ的人，不一定就是入侵學校伺服器的高手，可能只是他在學校內的代理人，為防止打草驚蛇，我們警方暫不介入。你是追蹤的高手，從上次吳越家族的事件中我就知道了，僅憑對方的一封勒索信，你就能把對方整個團隊都挖出來，而我們握有那麼大的資源，想做到如此都很費勁。」

劉嘯眉頭一鎖，要是做些什麼周邊的事，或許自己不用考慮就答應了，可這完全是警方的事啊，劉嘯有點拿不定主意。

「不要猶豫了！」劉晨拍拍劉嘯的肩膀，「你已經上了飛機，想下去可就沒那麼容易了。」劉晨壓低聲音，「這事影響很大，如果不儘快解決，會有越來越多的學生捲進去。而且，我們有線索顯示，這個修改成績的傢伙，背後可能還有一個龐大的造假證集團。」

「假證？」劉嘯一愣，「什麼假證？」

「我們當時只是調查成績被修改的事情，結果在調查中發現了新的情況，這幫人號稱不但可以修改成績，而且還可以給那些不能畢業的學生發放畢業證，據說這些假的畢業證全部具有合法的編號，而且在教育部網站都能查到，和學生的身分完全吻合。」劉晨嘿嘿笑著，「事情到這裏已經超出了我們封明市警方的能力範圍了，但事情出在封明，不查清楚，我們覺得很沒面子，所以我才來找你。」

「你是懷疑教育部那邊出了問題？」劉嘯眼睛就瞪大了。

「我可沒說！」劉晨得意地仰著臉，「反正這事就交給你了，你隨便去查，只要把最後的結果告訴我們就可以了。唔，如果案子破了，我們也在報紙上登個版面，就說接到某好心人士的舉報，得到了確鑿證據，哈哈！」劉晨想到那報紙，就不由地笑了起來。

劉嘯大汗，不再說話，靠著椅子上閉目養神，等著飛機起飛。他心裏很矛盾，想立刻飛到封明，因為他擔心張小花，可如果真的見到了張小花，自己又該說什麼呢。

「唉……」劉嘯心裏重重地嘆了口氣。

兩個小時後，飛機降落在了封明市的地面，剛一出機場，一幅巨大的看板就立在機場廣場的最中央，「尋人：提供線索者，獎一百萬；找到其人，獎一千萬。」

看來劉晨真的沒有騙自己，張小花這次真的是有點過分了，把張春生逼到了這份上。劉嘯把包往劉晨手裏一塞，「我回頭去找你，東西先放你那裏。」一說完，劉嘯就往廣場前的車站跑去。

「你去哪啊？」劉晨急忙喊道。

「去張氏！」劉嘯喊了一聲，看見有輛計程車過來，直接就鑽了進去。

「切！」劉晨鬱悶地看著車子開走，把劉嘯的包往旁邊一丟，恨恨地道：「我叫你來封明，又不是讓你忙那事的！」看車子跑沒影了，才掏出電話，找人來接自己。

春生大酒店劉嘯是再也熟悉不過，進去直奔上面的張氏辦公區，公司裏的人大多都認識劉嘯，而且很多人也認為這次張小花的失蹤肯定和劉嘯有關，此時劉嘯出現在張氏，立刻引起了極大的騷動。

劉嘯走到張春生辦公室的門口，吸了口氣，然後敲門。

「是你？」開門的秘書小李，看見劉嘯顯然有些意外，驚詫之餘，趕緊回頭喊道：「總裁，是劉嘯！」

「讓他進來！」張春生聲音剛落，就聽屋裏「匡噹」一聲。

劉嘯一看，只見張春生大概是起身太猛了，茶几被他給掀歪了，上面的茶杯翻了兩個，秘書小李急忙去收拾茶几上的水漬。

「是不是姍姍在你那裏？」張春生過來就拽住了劉嘯。

劉嘯搖了搖頭，「我也是剛剛聽說這事，就趕緊過來了。」

張春生的臉上立刻寫滿了失望，回身踱到窗戶邊看著窗外，然後擺了擺手，「你先坐吧！」

劉嘯嘆了口氣，才幾個月不見，張春生就顯得蒼老了很多，連鬢角的頭髮也露出了白根。

「張……張叔。」劉嘯突然覺得這個稱呼有點彆扭，「你也不要太著急，小花是個非常獨立的人，不會有事的！」

張春生看著窗外，沒有說話。

劉嘯往前走了幾步，「我這次來，是想看看小花有沒有消息。如果還沒有消息的話，我想小花大概已經不在封明市了！」

張春生猛然回頭，「你這話是什麼意思？是不是你知道她去哪了？」

劉嘯搖頭，「我只是猜測罷了。你在封明大張旗鼓地找了一個星期，重金之下，估計封明市的每一個角落都被人翻遍了，如果一點消息都沒有，那就是說小花很可能不在封明了。」

「我找人查了封明市兩個星期內的出入境記錄，沒有姍姍的出境記錄。」張春生不相信張小花離開了封明。

「還有很多交通工具是不用登記的！」劉嘯皺眉。

「如果她離開了封明，那我就在全國找她！」張春生一發狠，「小李，立刻聯繫全國所有的報紙期刊，不管花多少錢，讓他們騰出版面，明天就把我們的尋人啟事登上去。」

「你先等一等！」劉嘯攔住了秘書小李，走到張春生跟前，「張叔，我知道你有點恨我，認為小花的出走都是因為我。」

張春生瞪了劉嘯一眼，沒說話。

「好，就算是所有的一切都是我的過錯！」劉嘯咬了咬牙，「我也不奢望你原諒我，我只希望你能理智冷靜地聽我把話說完。」

張春生還是沒說話，坐回到沙發裏。

「你比我更瞭解小花的個性，也比我更清楚她對你的感情。」劉嘯回敬了張春生一個大眼，「她天生就是個吃軟不吃硬的脾氣，你越是逼她，她就越不會順著你，難道你不知道？」

劉嘯激動起來，「她要去學校住兩天，你就順著她好了，等她氣消了自然就回來了，可是你天天到學校去逼她，這不是擺明了不想讓她回家嗎？現在她退學出走，我看完全就是被你給逼的。」

「混賬！」張春生跳了起來，「我不希望自己女兒回家？我不希望她回來，我能到處發尋親啟事去找她嗎？」

「我看你就是不想讓她回來！是你把她逼得在學校待不住的，現在你又到處砸錢去找她，她能遂了你的心意？你把她趕出封明市還不算，你還要弄得她在全國抱頭亂竄！我告訴你，你張春生能控制得了封明市，但你還控制不了全國，要是小花在外面出了什麼意外，我跟你沒完！」

劉嘯幾乎是吼著的，完了直接朝門口走去。

第七章　假證集團

「不能少了，別人的假證都賣萬兒八千呢，我們這證可和真的一模一樣！你是熟人介紹來的，你應該知道！」對方顯得很牛氣，「就這個價，一個子都不能少，你要辦就趕緊，說不定過幾天又漲價了。」

劉嘯的眉頭依舊緊鎖，現在得趕緊想個辦法，最不濟也得弄清楚張小花此刻身在何方，狀況如何！想到這裏，劉嘯就直奔封明大學，他想去找找張小花的同學或者舍友問問，看張小花退學之前有沒有露過什麼口風。

車子在學校門口停下，劉嘯下了車，看著熟悉的校門和風景，不由一陣感慨，這和以前進學校的心態完全不一樣。

劉嘯走到學校門口，被門衛攔住了，正在坐著登記，肩膀就被人拍了一下，「是劉哥吧？」

劉嘯回頭，「你是？」

那人在劉嘯胸前捶了一下，「是我啊，你不認識我了，我是小武表弟啊！」

劉嘯「啊」了一聲，就給那傢伙還了一錘，「是你小子啊，怎麼換了這麼一身行頭，害我半天都沒認出來。」

以前小武表弟只顧著打遊戲，頭也不洗，衣服也不換，經常是人未至味先來，總是一副邋裏邋遢的樣子，現在竟然穿了一身筆挺的西服，看起來非常精神，和以前完全是兩個人，所以劉嘯一時竟沒有認出來。

小武表弟有些不好意思，緊了緊自己的領帶，「這行頭還可以吧？我找人借的！」

劉嘯大汗，「你穿這樣幹啥去啊？」

「找了個工作，今天去面試！」小武表弟笑了起來，「是一個遊戲公司，我去應徵遊戲策劃。」

「嗯？」劉嘯有點意外，「你不是還有兩年才畢業的嗎？」

「噓！」小武表弟示意劉嘯不要聲張，然後把劉嘯拉到了一旁僻靜的地方，壓低了聲音道：「我把我的遊戲帳號和裝備全賣了，用這筆錢買了一張畢業證！」

劉嘯一時有些傻眼，「不會吧？」

「別說，這錢還真沒白花！」小武表弟有些得意，「那證比真的還要真，成績、畢業生編號在教育部的網站統統能查到，如果今天面試過了，我就直接可以上班拿薪水了。唉……，到遊戲公司工作，那可是我的一大夢想啊！」

「書不念了？」劉嘯有點汗。

「不念了！」小武表弟搖著頭，「念不念都一樣，反正我也是天天打遊戲，又當了那麼多科，肯定是畢不了業的。就算畢業了，我能幹啥？除了打遊戲，我對別的都沒興趣。」

劉嘯嘆了口氣，小武表弟還確實挺讓人犯愁。

「這兩年玩了那麼多的遊戲，別的不敢說，就單單在遊戲這塊，估計沒人能比得上我，我也有好幾個遊戲創意，與其在學校浪費時間，還不如出去碰碰運氣呢！」小武表弟嘆了口氣，一副看破紅塵的語氣。

「那證真那麼厲害？」劉嘯反問，「你從哪裡買的？」

「怎麼？你不信？」小武表弟說完從自己的包裏掏出一份畢業證的影本，「不信你自己去教育部的網站查查去。」

劉嘯看了看那影本，做得和真的一模一樣，「你還沒說哪裡買的呢！」

「你問這個幹什麼！」小武表弟有些納悶，「你不是都已經畢業了嗎？」

「問問，興許以後用得著呢！」劉嘯笑了兩聲。

「那倒也是！」小武表弟笑著，再次壓低了聲音，「是我在遊戲裏認識的，也是咱們學校的，那傢伙和我玩同一個遊戲，我經常罩著他。你等一下……」

小武表弟掏出手機，在上面翻了翻，然後道：「這有他的手機和ＱＱ號碼，你記一下，回頭你要是用的上，就跟他說是我介紹的，不然這傢伙不一定肯賣給你的。」

「好！」劉嘯把號碼都記了下來，又道：「沒想到咱們學校還出這樣的人才啊，造假造得跟真的一樣！」

「切！」小武表弟一邊收手機，一邊道：「造證書的又不是他，就他那水準，還不如我呢。」

劉嘯笑笑，「怎麼？你知道是誰造的？」

「也不能確定！」小武表弟頓了頓，「反正肯定不是他本人！本來我也以為是這小子很厲害呢，結果有次我去他那裏，那小子正好跟別人聊天，被我看見了，他向一個叫做『小尾巴狼』的人要證書！」

「用QQ聊天？」劉嘯又問了一句。

「是啊！」小武表弟看看時間，「我得走了，不然趕不上面試了。」

「行，你趕緊去吧！祝你成功，到時得請客啊！」劉嘯也不好耽誤了小武表弟的事。

「那是一定的！」小武表弟笑著就走了，沒走多遠，又回過頭來說：

「劉哥……」

「什麼？」劉嘯站住，回頭看著小武表弟。

小武表弟又走了回來，「你這次回來封明，是不是為你女朋友的事來的？」

張小花當時和劉嘯寢室人的關係都挺好，經常請他們去吃飯，所以小武的表弟也認識張小花。

劉嘯點了點頭，「是，你問這個幹什麼？」

「我猜就是為這事！」小武表弟笑了笑，「你不要太擔心了，不會有事的！」

「你是不是見過她？」劉嘯趕緊問道，心裏頓時一緊。

「那倒不是！」小武表弟笑著，「我要是見著了她，那我不是拿到一千萬了嗎，哪還用得著去面試啊。是我之前曾見過她，好像就是她退學前沒多久，我在食堂吃飯時碰見的，說了兩句話。」

「她說什麼？」劉嘯催問，「她有沒有提到退學的事，或者是今後的打算？」

「沒有！」小武表弟直搖頭，「她就說讓我少打遊戲，說我挺聰明的，全浪費在遊戲上了。不過，我感覺她和平時一樣，還是那麼樂觀陽光，讓人一看就覺得世界很美好，所以我想她是不會有什麼事的。」

雖然這消息對劉嘯沒什麼用，劉嘯還是很感激，道：「行，謝謝你了，我再去學校裏問問其他人吧。」

「那我就先走了！」小武表弟擺擺手，「要是有消息的話，我會告訴你的。」

劉嘯不死心，把張小花的舍友、同學、輔導員，反正是能問的全都問了一遍，就是負責女生宿舍管理的舍監，他也沒有放過，不過問了一圈下來，絲毫沒有收穫，所有人都說不知道張小花去哪了。

出了封明大學的門，天都快黑了，劉嘯這一天下來累得夠嗆，看看時間不早了，他這才想起要和劉晨聯繫，自己的東西還在劉晨那呢。尋找張小花的事情，看來只能慢慢來了。

劉嘯拿出電話，開始呼叫劉晨，「喂，你現在在哪呢？我過去找你拿東西。」

「我還以為你把東西都忘了呢！」劉晨酸溜溜地說，「怎麼樣，和張老闆談得如何？」

「我和他有什麼好談的，我今天去了一趟封明大學，發現了一些你那案子的線索。」劉嘯伸手攔車，「你現在在哪兒呢，我過去再和你說。」

「我在警局！」劉晨道。

「行，我很快就到！」劉嘯說完掛了電話。

十來分鐘後，劉嘯到了警局，劉晨看見劉嘯，就問道：「這麼晚，吃飯了沒？」

劉嘯搖頭。

「那先去吃飯吧，邊吃邊說，我也還沒吃呢。」

「不會是等我吧？」劉嘯笑道，「那真是罪過大了！」

「切！」劉晨白了劉嘯一眼。

等吃得差不多，劉晨才問道：「你今天去封明大學查案子了？」

劉嘯把嘴裏的東西趕緊咽下去，從兜裏掏出一張紙，「你看看，你們得到的那個ＱＱ號碼，是不是和這個一樣？」

劉晨掃了一眼，「沒錯，看來你還挺認真的嘛！」

「嗯，你猜得沒錯，這傢伙確實是別人安插在學校的線人，負責拉業務的。」劉嘯喝了口水，「他的上線是一個網名叫做『小尾巴狼』的傢伙，回頭我去追蹤這個傢伙，有消息我就通知你！」

「有什麼需要幫忙的嗎？」劉晨問道。

「暫時沒有，等需要你們的時候我會說的！」

走出飯店，劉嘯左右看看，道：「晚上安排我住哪？」

「我家！」劉晨說著，就拉開了車門。

「你家？」劉嘯眼珠子瞪成了燈泡，「那不好，我還是自己去找個地方吧！」說完，劉嘯就從車上把自己的包拽了下來。

「那我可說清楚啊，住房的費用，我們不報銷！」劉晨看著劉嘯。

劉嘯皺眉想了想，一咬牙，「不報就不報，反正最後還有報酬呢。行，你先回去吧，我記得那邊就有個賓館，等安頓好後，我再把房號告訴你。」

「得了得了，上來吧！」劉晨笑說，「跟你開玩笑的，我們局有招待所。你還真以為要去住我家啊，想得美！」

劉嘯上了車，劉晨發動車子，低聲嘟囔道：「真是的，又不是沒在一個屋裏住過，搞得好像你還吃虧了似的。」

劉嘯無語，沒敢還嘴，心裏一個勁地後悔，心說自己昨天晚上怎麼糊塗了呢，竟然會把劉晨帶到家裏住了一晚上，授人以柄，估計以後在劉晨面前自己都翻不了身了。

「唉……，天妒英才，馬失前蹄！」劉嘯心裏又念起了自己的口頭禪。

第二天一大早，劉嘯出去吃早飯，發現昨天還到處都能看見的尋人啟事，居然一夜之間全沒了蹤影。劉嘯樂了起來，自言自語道：「看來這老張就是欠收拾，自己這一發飆，還真管用。」

吃完飯回來，劉嘯開了電腦，向昨天得到的那個QQ號碼發出了添加好友的請求，他原本認為對方可能會不在線上，他想去先去查張小花的事，等晚上回來，對方加入好友了，他再追蹤對方。

沒想到對方剛好在線上，直接拒絕了劉嘯的請求。

「還挺警覺啊！」劉嘯再次發出請求，這次他在驗證消息上加了一條，說自己是小武表弟介紹來的。

對方果然不再懷疑，通過了劉嘯的請求，然後消息發了過來，「找我幹什麼？」

「想辦證，問一下價格！」劉嘯回覆道，此時他已經得到了對方的IP位址。劉嘯上次把自己所有的駭客工具都分散到網上去了，此時連個IP追蹤的工具都沒有，只得一邊應付著這傢伙，一邊下載工具。

「修改成績，一科兩百塊！要是辦證的話，一張畢業證八千塊，包括修改所有科目成績！」

「價錢能少一點嗎？」劉嘯拖延時間，他的追蹤工具已經追蹤到了對方的地理位置，是封明大學旁的一個社區內。

「不能少了，別人的假證都賣萬兒八千呢，我們這證可和真的一模一樣！你是熟人介紹來的，你應該知道！」對方顯得很牛氣，「就這個價，一個子都不能少，你要辦就趕緊，說不定過幾天又漲價了。」

「那需要什麼資料嗎？」劉嘯問。

「說一下你的學號就行！完了我們查一下，需要你提供照片的話，我會再聯繫你！」

劉嘯有點犯難，自己哪裡有什麼學號啊，總不能隨便編一個吧，看這傢伙的意思，他們應該能查到學生的資料，假的肯定是混不過去的。

想了片刻，劉嘯回道：「我現在在外面，沒帶學生證，回頭把學號給你行不？」

「隨便你！我熬了個通宵，先睡了，你要是確定了要買，再來聯繫我！」對方顯然極度不爽，直接下線睡覺去了。

劉嘯又把和對方的聊天記錄仔細琢磨了一遍，看能不能分析出什麼來，最後得出一個結論，對方的手裏肯定有這些學校所有學生的資料，甚至連學生的照片都有，所以那傢伙才會說「如果需要你提供照片的話，我會再聯繫你！」

劉嘯不禁暗道好險，沒有貿然捏造假的學號。

不過，劉嘯本來是想在得到ＩＰ之後直接入侵對方電腦的，現在改變了主意，他想到了一個新辦法，如果順利的話，應該可以一下就確定出那個幕後高手的位置。

劉嘯趕緊撥通了劉晨的電話，「我是劉嘯，我現在有個事需要你幫忙！」

「什麼事？」劉晨有點納悶，不知道劉嘯這一大早的要幹什麼，「是關於案子的還是你個人的？」

「當然是案子的！」劉嘯頓了頓，「你現在去聯繫封明大學，讓他們在所有還沒畢業的學生檔案裏找找看誰的檔案中沒有照片，把這些人的名單統計出來，一定要記錄下學號。」

「案子有進展了？」劉晨大感意外，心想這劉嘯辦事速度也太快了，昨天去學校一溜達，就查出個「小尾巴狼」，這今天剛睡起來就整這事，難道又是發現了什麼新線索嗎？

「沒實質性進展，只是有了點想法！」劉嘯倒也老實，畢竟自己現在只是推測，不敢提前放大話。

「唔……」劉晨思索了片刻，「這樣吧，我去通知學校，完了你自己過去查吧，事先說好的，我們警方先不介入。」

劉嘯皺眉，道：「那也行！你打完電話，確定了之後就通知我，我好過去！」

「行，我這就打電話！」劉晨說完掛了電話，看來是去聯繫學校那邊了。

劉嘯也不想耽誤時間，立刻開始收拾東西，等關了電腦背好包，劉晨的電話就來了，說已經聯繫好了，讓劉嘯到了封明大學後直接去行政樓找一位姓戴的老師。

劉嘯出門攔了車，再次奔封明大學而去。在行政樓的最高層，劉嘯找到了那位戴老師。

戴老師拿著狐疑的目光看了劉嘯半天，「你真的是劉隊長介紹來的？」

「是啊！」劉嘯笑著，「難道我不像嗎？」

戴老師搖頭，「那倒不是，只是我覺得我好像在哪裡見過你啊，你是咱們學校的學生吧？」

劉嘯有些意外，道：「是，我是校友，不過已經畢業了！」

「那就對了！」戴老師笑了起來，「咱們學校這兩年前前後後畢業好幾萬人，只要被我看過一眼照片的，我都有印象！」

劉嘯笑著，心想這老師的記性也真夠厲害的，怪不得封明大學能第一個發現學生成績被人動過了。

戴老師掏出一把鑰匙，打開了一旁機房的門，「進來吧，你要查什麼？」

劉嘯打量了一下，屋子裏空空蕩蕩，就幾台電腦擺在那裡，電源燈不斷閃爍，證明電腦都在運行，「我要查一下咱們還沒畢業的學生裏，誰的電子檔案裏還沒有照片！」

戴老師有些詫異，「你查這個幹什麼？」

「這個保密！」劉嘯一副故作神秘的樣子，他不想解釋，既然劉晨都沒說，那自己就更沒說的必要了。

那戴老師也沒多問，在電腦上翻了翻，指著螢幕道：「啾，都在這呢。學生的電子照片，我們必須要和原始資料比照之後，才能輸入電腦，工作量很大，不過現在已經完成得差不多了，只剩這一些了。」

劉嘯瞅了一眼，也沒細看，「這些人的原始資料都在吧？」

「在！」戴老師點頭。

劉嘯在電腦上隨便挑了兩個人的檔案，道：「麻煩戴老師給找一下這兩個人的原始資料。」

戴老師盯著那兩個人的資料看了半天，並沒發現有什麼異常的地方，一邊起身去一旁的檔案櫃裏找原始資料，一邊納悶地撓著頭，心想這兩個學生是不是犯什麼事了啊，不然網監的人怎麼會派專人過來查檔呢。

不一會，戴老師拽出兩個牛皮紙的檔案袋，遞給劉嘯，「原始資料都在這呢！」

劉嘯打開，又從自己的包裏掏出紙筆，把那兩人的學號以及資料抄錄了下來，又在牛皮紙袋子裏翻了翻，找到多餘的照片，各自拿了一張，「戴老師，照片我拿去掃描一下，完了就給你送回來。」

「不用，不用！」戴老師連連擺手，「隔壁就有掃描器，我去幫你掃描，你要電子的？還是要複印出來？」

「電子的！」劉嘯忙道。

「行，我知道了！」那戴老師拿著照片出去了，一會兒回來，在電腦上點了點，「吶，掃描出來的照片傳過來了，你……」

劉嘯掏出自己的隨身碟，「拷貝到這裏就行，麻煩你了！」

「不麻煩！」戴老師接過去插在電腦上，「我問你，這兩學生到底犯啥事了？」

「沒什麼！」劉嘯也是一臉驚詫，拷個照片就是犯事了嗎？

戴老師明顯不信，把拷貝好的隨身碟又遞還給劉嘯，笑道：「我明白，這肯定是你們警察的辦案原則，不能給我這個外人透露案情，是不是？」

「我不是警察！」劉嘯無奈的搖頭，收好隨身碟和自己的紙筆，「謝謝您了，戴老師，那我就先走了！」

等劉嘯一走，那戴老師把機房門一鎖，拿著那兩學生的檔案又坐回到自己之前的位置上，皺著眉頭使勁地琢磨著，

「到底能犯啥事呢？唉，真是多事之秋啊……」

劉嘯拿著抄錄的資料和那學生的電子照片回到了招待所，打開電腦，給

那傢伙又發了個消息，半天沒回，看來那傢伙真的是去睡覺了。

劉嘯搖搖頭，現在只能等這小子睡起來了再說了，劉嘯把東西收拾好，起身再次出門。

劉嘯跑到封明市旅遊局，抄了一份封明市旅行社的名錄和聯繫方式，然後就找上門去了，他想挨個問一遍，看張小花是不是通過這些旅行團的車出了封明。

只問了兩家，劉嘯就放棄了，自己一提張小花的名字，那旅行社的人比自己還要興奮，翻也不翻旅行記錄，直接就甩給劉嘯一句話，「要是她是從我們旅行社走的，那我們可就發了，她一人就頂我們全社一年的收入。」

劉嘯大汗，等出了旅行社的門，他徹底沒了主意，看來張小花是不可能從旅行社出走了，不然旅行社早跑張氏領賞去了。

「那她能從哪走呢？」劉嘯坐在旅行社門前的臺階上嘆氣，「或者說自己判斷錯了？小花根本就沒出封明市？那她這麼長時間能躲在什麼地方呢？」

劉嘯越想越愁，想著想著就開始瞎擔心，「不會是被什麼人給控制起來了吧？」

劉嘯又想去罵張春生那個豬腦子，到處拿錢砸，提供線索一百萬，找到人就一千萬，要是有人起了邪心，把張小花暗地裏給控制起來，然後勒索你幾億，那也不是不可能。

「呸！」劉嘯抽了自己一個嘴巴，「要是有人勒索，那張春生早就收到勒索信了，還發個屁尋人啟事啊。」

劉嘯站起身，準備先回招待所再慢慢想辦法，自己不能這麼瞎想，越瞎想就越亂，越亂就會離找到張小花越遠，自己現在一定要冷靜，保持一顆清醒的頭腦。

「冷靜，冷靜！」劉嘯在心裏又叮囑了自己兩遍，然後攔車回招待所去了。

回來打開電腦，賣證的那傢伙依舊沒有回傳消息，應該是還在睡覺，劉嘯不禁暗自咒罵：「靠，賺錢都不積極，害老子做事還得按照你的作息時間來。」

想了想，劉嘯決定給張春生打個電話。

「喂，我是劉嘯！」劉嘯也不喊張叔了，兩人昨天才剛吵過，很尷尬。

張春生那邊「唔」了一聲，「什麼事？」從語氣上聽不出他此刻的心情，不知道他是高興還是生氣。

劉嘯咳了兩下，「那……那個，小花今天有消息沒？」

「沒！」張春生回答得乾脆簡練。

「我突然想起一件事！」劉嘯頓了頓，「小花出門的時候有沒有帶銀行卡？你去查一下這幾天她有沒有消費記錄，如果有，就知道她此刻人在哪裡。還有，她的手機如果帶在身邊的話，應該也可以查到信號的發射地。」

「手機一直處於關機狀態！不然我早就查出她現在在哪了！」

「那銀行卡呢？」劉嘯問。

張春生半天沒說話，這讓劉嘯有點納悶，趕緊又追問道：「到底怎麼回事？」

「咳……」張春生連連支吾，「她搬到學校之後，所有的信用卡就被我停了！」

劉嘯頓時崩潰，不知道該說什麼好了，憋了半天，才冒出三個字，「算你狠！」

「要不然我也不用這麼著急找她了！」張春生怒吼道，「自從她從學校消失後，我就沒有一天吃得下飯，睡得著覺，這麼些天了，我都是一直守在電話旁，生怕錯過了任何一個能找到她的機會。你以為我那樣逼她，我心裏就很好受嗎？她是我女兒，我是為了她好，不想失去她，我才那麼做的。如果早知會有今天這後果，讓我日日夜夜擔心她能不能吃上飯，有沒有地方睡，當初我也就不會那麼逼她。她是我女兒，我寧願自己受罪，也不願她受絲毫的委屈，你明不明白！」

張春生衝著電話怒吼，這麼些天，他其實也很委屈，他是為張小花一輩子的幸福著想，才扯下臉皮攆走了劉嘯，可惜心急了些，好心辦壞事，弄到最後反而把張小花被逼跑了。

劉嘯聽張春生直喘粗氣，知道他此刻十分激動，當下也不好再說什麼，安慰道：

「我明白你的苦心，但張叔你也別太著急了，今天我仔細地分析了一下，小花現在肯定是沒有事的。所以我們不能自亂陣腳，一定要保持冷靜，然後仔細地想一想，看有沒有什麼線索被忽略了，這樣才是找到小花的最快辦法。」

張春生沒說什麼，頓了半天之後，道：「好，我知道了！」

「那行，我先掛了，我要是再想起什麼，就通知你。」劉嘯說完頓了頓，「如果你有了小花什麼消息，也請記得告訴我。」

「好，我知道了！」張春生還是這幾個字，說完就掛了電話。

劉嘯此時都快把頭髮給撓掉了，他真是納了悶，張小花身上沒錢，那她能去哪裡呢，現在不知道她是怎麼出了封明市，也弄不清楚她此刻在哪裡，劉嘯頭都快想破了，就是想不出來該從哪裡入手查起。

「去親戚家了？」劉嘯搖著頭。

「朋友同學家？」劉嘯又否決了。

劉嘯在屋子裏來回踱著步，「那她還能去哪呢？」走了幾圈，劉嘯突然抽了自己一個嘴巴，「她該不會是找自己去了吧？」

劉嘯覺得這個可能性很大，張氏父女的冷戰對峙，說到底就是因為自己而起，依張小花的性格，你越不讓她幹的事，她肯定是會給你幹得越起勁，說不定她還真去找自己去了，不為別的，她就為張春生跟前爭口氣，她也會這麼幹。

「我靠！」劉嘯趕緊拿起電話打給物業。

物業的人電話裏嘰哩哇啦好幾分鐘，才翻了翻記錄，道：「沒，這幾天沒人來找你。」

劉嘯此時顧不上責問物業的人服務態度差，低聲下氣地道：「那麻煩你了，如果這幾天有人來找我，特別是女的，請你一定要通知我，謝謝了。」

「好好好，知道了！」物業不耐煩地掛了電話。

「靠，回去老子就搬家，換個物業好的！」劉嘯恨恨地收起電話。

來到電腦前，劉嘯決定發動搜索大戰，他要知道近期所有從封明到海城的記錄，不管是乘坐公共交通工具，還是搭私家車，哪怕你就是走著去的，劉嘯也要知道你幾時走的，走的人裏面有沒有張小花。

劉嘯這次是發飆了，從網上把自己很久都沒有用過的一個工具拖了下來，這是個超級強大的搜索引擎，綜合各大搜索引擎的功能，而且還有劉嘯自己設計的搜索功能，彌補了那幾個大搜索引擎不涉及的搜索領域，而且還能根據劉嘯自己的設定在搜索結果自動篩選。

劉嘯的第一設定，就是搜索從封明到海城，或者從封明到別的地方，但是路過海城的所有資訊；第二設定，日期為一個月內；第三，有張小花，或者張小花網名、暱稱、小名，以及和張小花相關的其他名稱出現，劉嘯甚至把張小花家那條狗的名字都放在了第三設定的條件裏。

搜索引擎會根據這些設定，逐步縮小搜索的範圍，直至篩選出最符合要求的搜索結果。

劉嘯就坐在電腦前，盯著那搜索的進度緩慢前進，大概是劉嘯設計的搜索技術不成熟，速度奇慢，等了半天，搜索引擎上才顯示：「正在搜索第一條件，搜索完成率百分之三。」

剛開始還有點焦急，等後來劉嘯都坐椅子裏有些犯睏了，才聽見電腦「叮」的一聲響。劉嘯抬頭去看螢幕，發現上面「正在篩選第二條件！」然後瞬間到了「正在篩選第三條件！」

「篩選完成！」這三個顯示，在兩秒內完成。劉嘯打開篩選出的結果，發現符合第二條件的消息很多，但符合第三條件的，卻是一條沒有。

「奶奶的！」劉嘯有點鬱悶，看來只能從第二條件裏挨個找了，說不定很快就能找到和張小花有關的，但也說不定找到最後都沒有和張小花有關的，不過劉嘯現在只能先找找看了。

「砰砰！」有人敲門。

劉嘯頭也不抬，繼續看著螢幕，「請進！」

「忙啥呢？」進來的是劉晨，笑呵呵地往劉嘯這邊走來，探頭往螢幕上瞧了一眼，「這是什麼啊？」

「沒什麼！」劉嘯只好停下手裏的活，「你怎麼有空過來了？」

「下班了，過來看你吃飯沒？」劉晨看著劉嘯，「一起吃飯去？」

劉嘯看了看那些搜索出來的資訊，快分析完了，於是搖頭，「我還有東西等著分析呢，要不你先去吃吧，我一會兒叫客房服務就行了！」

劉晨被拒絕了，有點生氣，把警帽往頭上一蓋，「那我走了！」完了又嘟囔道：「餓死你算了！」

劉嘯點開新的一條資訊，是封明市一個自行車野驢團在國內一家野外旅行網站上發出的帖子，說要從封明一路騎車南下，最後抵達南方的雷江城，他們發佈的騎行路線中，包括了海城。

劉嘯看著下面的回覆，都是說有興趣參加這次騎行，問需要準備什麼東西。

翻到第二頁，一個「腳踏邪劍掌劈廖氏」的ＩＤ就出現在了劉嘯跟前，這個ＩＤ在帖子裏說自己要參加，問這個團的辦事處在哪裡。

「靠！」劉嘯敢百分百打包票，這個「腳踏邪劍掌劈廖氏」絕對是張小花，ＩＤ的性別是女，除了張小花，哪個女的會起這麼個名字啊。

劉嘯迅速打開自己的ＩＰ定位器，輸入這個ＩＤ的發帖ＩＰ位址，果然，顯示的結果是是封明大學。劉嘯迅速在後面的跟帖裏找著，找到了發帖人給張小花做出的回覆，這個騎行團的辦事處，位於封明市環海路上。

劉嘯迅速拿出紙筆，把位址記了下來，就要出門去找。剛打開門，服務生站在外面，被劉嘯給嚇了一跳，手裏捧著的盤子差點打翻。

第八章　幕後高人

劉嘯速度打開，這次果然是一個新的IP位址，劉嘯輸入自己的IP定位程式，結果顯示對方不在封明，這個幕後的高手，此刻大概位置是在郊區的一個村子裏。這個IP定位工具，只能查到這裏，再具體的只能通過劉晨的力量來查了。

「你……你好，這是你點的飯菜！」服務員驚魂未定的樣子。

「好，謝了！」劉嘯此時也沒工夫吃了，接過飯菜，放到了電腦旁的桌子上，準備出門，電腦卻「嘀嘀」地響了起來。

劉嘯一看，卻是那賣證的傢伙發來了消息，「好，把你的學號給我吧！」

「我×你！你是豬啊，睡到現在才起來，早不起晚不起，偏偏老子要出門你就起來了！」如果賣證的此時站在劉嘯跟前，估計劉嘯真能把他給掐死。

怎麼辦呢，既然這傢伙出現了，也不能不理會。想了想，劉嘯掏出電話，給張春生撥了過去：

「喂，張叔，是我，劉嘯！你現在拿出紙和筆，記一下這個地址，環海路中段一二七號，海天藝術學校活動中心北樓三層三〇五室！」

那邊張春生似乎是有點反應不過來，「這個地址怎麼了？」

「我現在沒時間和你詳細解釋了，你馬上去這個地方，這是一個野外騎行團的辦事處，我估計小花是跟著這個騎行團南下了！」

劉嘯叮囑道：「你到了那裏，就問他們去雷江城的團什麼時候出發的，看是不是跟小花失蹤的時間吻合，之後再仔細確認一下，看小花是不是跟著那團走了。」

張春生此時終於反應了過來，「啊！你……你再把那地址說一遍！」

劉嘯趕緊又把那地址重複了一遍，還沒等確認，張春生那邊已經掛了電話，八成是飛奔而去了。

劉嘯回到電腦前，看著賣證那傢伙的頭像，「老子現在沒工夫和你扯了，速戰速決吧！」

劉嘯拿出今天抄下來的那個學號和姓名，然後給那傢伙發了過去，再啟動自己的工具，他準備強行入侵這傢伙的電腦，反正這傢伙也是菜鳥，劉嘯自信以自己的水準絕不會被對方發覺。

「好，收到，我去查一下！」對方回覆道。

大概等了十分鐘的樣子，賣證的傢伙又發來消息，「這個學號我們能做，但你得提供一張照片！」

劉嘯早就知道對方會要照片，故意問道：「電子照片行不行？」

「電子照片最好！你現在有的話就發過來吧！」對方看來一點懷疑都沒有。

劉嘯回了一個「好」字，就把事先準備好的電子照片給對方發了過去。對方點了接收，然後回覆：「好，我做好證書就通知你，到時候一手交錢一手交貨。」

劉嘯本以為要先付錢呢，看來可以省下了，這也說明造假的成本很低，對方不怕你反悔賴賬。

劉嘯回道：「那就麻煩了你了，大概多久時間能做好？我錢都準備好了，就等著證書呢！」

「少則一兩天，多則三五天！」

「好，我等你的消息。」

賣證的沒有再回覆，應該是去忙了。

劉嘯坐在電腦前等了一會兒，系統又彈出一個提示：「你有一封新的郵件，請查收。」劉嘯打開信箱，點開那封郵件，裏面只有一個ＩＰ位址，劉嘯掃了一眼，這和剛才那賣證的ＩＰ是一模一樣的。

劉嘯嘆了口氣，關掉郵件，邊吃邊等，他要等的不是賣證那傢伙的ＩＰ位址，他要等的，是那個造假證的傢伙的ＩＰ位址。

劉嘯發給對方的電子照片是已經做過手腳的，電子照片的大小尺寸和一般的照片沒什麼區別，也能正常顯示，但劉嘯在照片裏嵌了一段能被執行的代碼，只要流覽了照片，真實ＩＰ位址就會被記錄下來，然後混在資料流程中被發送到劉嘯的信箱裏。這個漏洞一般人根本不知道，所以就算裝了最好的殺毒反間諜的程式，也絲毫察覺不出來。

劉嘯從小武表弟那裏知道賣證的傢伙背後有高手，又從賣證那傢伙的聊天記錄中推測出，那高手的手裏一定有封明大學所有學生的資料庫，所以他就去封明大學挑了一個沒有電子照片的學號，這樣就可以借機把做過手腳的電子照片發給那個賣證的。賣證的拿到照片，又會傳送給他背後的那個高手，也就是造證的傢伙。這樣，劉嘯就可以不費吹灰之力得到那幕後高手的ＩＰ位址，然後知道對方所在的真實地理位置。

這可比順藤摸瓜要快多了，而且還保險，不怕會打草驚蛇。

等劉嘯剛剛把飯扒完，系統的提示再次彈出，「你有一封新的郵件，請查收！」

劉嘯速度打開，這次果然是一個新的ＩＰ位址，劉嘯輸入自己的ＩＰ定位程式，結果顯示對方不在封明，這個幕後的高手，此刻正身在省城，大概位置是在郊區的一個村子裏。這個ＩＰ定位工具，只能查到這裏，再具體的查不到，只能通過劉晨的力量來查了。

「開工吧！」劉嘯此刻不再等了，他首先向那個賣證的ＩＰ位址發動了攻擊，目標是「小尾巴狼」的一切通訊聊天記錄，售賣假證書的賬目，以及所有相關的線索和證據。

第二天一大早，劉晨剛上班，劉嘯就頂著兩個黑眼圈跑了來。

「你怎麼來了？」劉晨笑呵呵地問著。

劉嘯先找了個椅子坐下，熬了一整夜有點累，「你的那個案子，我弄完了！」

「完了？」劉晨有點納悶，一時不知道這話是啥意思，是案子給破了呢，還是案子給弄砸了。

劉嘯喘了口氣，「昨天我弄了一晚上，總算是搞清楚了。這個案子，修改成績、製售假證書，基本上都是那個小尾巴狼做的。」

「這麼快就弄清楚了？」劉晨大吃一驚，這劉嘯的速度也太快了，他到封明才僅僅兩天啊。

劉晨起身給劉嘯倒了杯水，「你詳細說一下。」

「其實這事可以算是兩個人一起做的，一個是小尾巴狼，另外一個叫做『黑鷹』，這兩人是老鄉，也是同學，高中畢業後，小尾巴狼去省城打工，黑鷹到封明市上大學，兩人經常在網上聯繫。」劉嘯喝了口水，「不知道是什麼原因，黑鷹在大學期間有兩門成績不及格，所以面臨無法畢業的局面。情急之下，黑鷹就利用他十分在行的駭客技術，入侵了學校的系統，成功修改了自己的成績，順利畢業了！」

「你是說，學校的成績系統幾個月前就被人入侵了？」劉晨有些意外。

「沒錯！」劉嘯點頭，「大概是因為心虛，黑鷹修改成績這事，他一直都沒對人提起過。離開學校後，黑鷹到省城一家公司上班，有一次和小尾巴狼吃飯，可能是喝多了，就把這事給說漏嘴了。小尾巴狼在省城混了四年，一直都沒混出個名堂，心裏老惦記著賺大錢，他立刻就聞出了這裏的商機……」

「等等！」劉晨打斷了劉嘯的話，「你能不能說的再清楚一點啊！」

「還有什麼好說的，不都明擺著的嗎！」劉嘯瞪了一眼，「黑鷹抵不住小尾巴狼的慫恿，利用同樣的手段和方法，再一次入侵了封明大學的伺服器，這次，他把所有的學生資料全部複製了過去。檔案裏，有每個學生的聯繫方式，兩人在資料裏找到那些有不及格科目的學生，然後進行聯繫，一旦談成，就由黑鷹去修改成績。」

「那假證書是怎麼回事？」劉晨反問。

「修改一次成績，黑鷹就得入侵一次學校的伺服器，即便是輕車熟路，也有被抓的可能。」劉嘯繼續說道：「時間一長，黑鷹的心裏有點不安，他想收手。」劉嘯盯著劉晨，「矛盾就來了，黑鷹想收手，但小尾巴狼剛賺了點錢，不想罷手，但他又不會駭客技術，修改不了學生的成績。」

「繼續說！」劉晨總算是聽出了點意思。

「於是兩人就撕破了臉皮！」劉嘯捏著下巴道：「我是這麼猜測的，小尾巴狼可能是拿過去的事要脅黑鷹，希望黑鷹繼續做下去，但黑鷹態度很堅決，最後兩人達成協議，如果黑鷹再把省內其他幾所學校的學生資料拿到，交給小尾巴狼，小尾巴狼便同意分道揚鑣，於是就有了其他幾所學校學生檔案被竊取的事情發生。」

「那為什麼其他幾所學校的成績也會被修改呢？」劉晨問劉嘯。

「真有被修改？」劉嘯反問，隨即皺了皺眉，道：「不應該啊，難道說是黑鷹迫於威脅，又做了幾筆？或者是還有其他像黑鷹這樣的駭客高手無法畢業，就順手修改了自己的成績？你們以前沒注意，只是現在封明出了這事之後，學校仔細核查，才發現了？」

劉嘯一連好幾個反問，因為他從小尾巴狼和黑鷹的聊天記錄中並沒發現這些，黑鷹把其他幾所學校的學生檔案交給小尾巴狼之後，兩人就再無聯繫了。

劉晨又問，「好，不說這個了，那個假證書上的真編號是怎麼回事？小尾巴狼既然不會駭客技術，那他怎麼能從教育部的網站上弄到真編號？」

「咳，」劉嘯嘆了口氣，「別提了，我也是琢磨了一晚上，來你這裏之前才剛剛想明白！」

「說，怎麼回事？」劉晨催問著。

「本來我也想不明白，早上那個賣證的傢伙突然給我發消息，說是證書做好了，我要求看一下樣本，他傳了一張畢業證的照片過來，然後我終於明白了！」

劉嘯掏出一張紙，就是他昨天從學校抄回來的那張紙，指著一處道：「看見沒？這裏有個字母代號，後面的這串編號，就是畢業證的編號。」

「這是畢業證的編號？」劉晨感到大大地意外，有點不相信。

「沒錯，這就是小尾巴狼為什麼最後同意和黑鷹分道揚鑣的原因！」劉嘯得意地摸了摸下巴，「這個小尾巴狼也真是個人才啊，這都被他發現了！」

「到底是什麼？」劉晨急著知道答案。

「我在那傢伙給我的假證上看到的畢業證編號，竟然和紙上的編號一模一樣，當時我就明白了，於是到教育部網站去查，結果輸入這個編號，真的就查到了這個學生的資料。我再輸入其他學生資料上的這種編號，統統都可以查到！」

劉嘯頓了頓，做出最後結論，「於是我得出一個結論，所有屬於國家統招的大學生，在被錄取的那刻起，他們的資料就被輸入了教育部的資料庫，而且每人都設定了一個畢業編號，如果四年學業期滿，這個學生沒有正常畢業，在履行了核實手續後，教育部才會把這個學生的編號撤銷，這大概是他們為了自己方便行事吧，結果這個流程就被小尾巴狼抓住了漏洞。」

「原來是這樣啊！」劉晨恍然大悟，她沒想到事情真相會是這樣。

「因為學生們根本接觸不到自己的這些檔案，所以也就不會有人知道這個秘密！」劉嘯搖搖頭，「可是當這些資料都到了小尾巴狼的手裏之後，他很快就發現了這個秘密，然後才同意和黑鷹散夥。假的就是假的，這些假證只可以糊弄一時，一旦教育部註銷了這些編號之後，就是一張廢紙了！」

劉嘯此時想起了小武表弟，他買的那個證，使用期限是兩年，兩年之後，教育部在核查到此人沒有畢業後，那個編號便再也不能從教育部的網站上查到了，不知道那時候小武表弟會怎麼辦，劉嘯嘆了口氣。

「嘆什麼氣啊！」劉晨推了推他，「那些聊天記錄和賬目呢？還有對方的位置！」

劉嘯掏出隨身碟，「都在這了，你核實核實吧！我去外面打個電話，如果有問題的話，你再喊我。」

劉嘯把隨身碟放在劉晨面前的桌子上，轉身出了網監大隊辦公室的門，準備找個僻靜的地方打電話，他得問問張春生，到底查到張小花的下落沒。

電話響了半天之後，張春生才接，聽那說話的語調，似乎是剛剛睡醒，「喂，是劉嘯啊！」

「是我！」劉嘯直入主題，「查到小花的下落沒？她是不是跟著那騎行團出了封明？」

「很有可能！」張春生沒給一個準確的答覆，「那個騎行團的辦事處門鎖著呢，那個藝術學校的人說一個多星期都沒人進出，我叫人砸開了門，在裏面找到幾份資料，有他們南下的日期、人員名單、以及行進路線圖，出發的日期是跟姍姍失蹤的日期吻合，但名單裏沒有張小花，只有個叫珊珊的人，我估計就是了。」

「那肯定就是了！」劉嘯不由一陣興奮，現在總算是知道了張小花的下落，「那有沒有找到負責人的聯繫方式啊？」

「沒找到！」張春生嘆氣，「我把那房子翻了個遍，就是沒有找到聯繫方式。不過我已經出發了，連同其他幾路人，就順著那個騎行團的行進圖往南找，就是分岔的線路，我都派了人，沿途邊打聽邊尋找，肯定能找到那個騎行團！」

「哦，這也是個辦法，騎行團目標那麼大，肯定不少人見過！」

「嗯，現在天也亮了，更好找了，相信很快就會有消息！」張春生準備掛電話了，「好，我不和你說了，我要去聯繫其他幾路人，看看有沒有消息！」

「有消息一定通知我！」劉嘯囑咐了一句。

「好，知道了！」

「路上小心！」劉嘯這句囑咐還沒說完，張春生就掛了電話，劉嘯悶悶地收起電話，站在樓道上出神，心裏祈盼著張春生早點找到張小花。

那邊網監大隊的辦公室，劉晨拿起隨身碟，準備起身去電腦前，就進來三個同行。

「劉隊長，忙著呢！」前面那警察笑呵呵地打著招呼。

「王局長，你怎麼有空上來了！」劉晨只得放下手裏的隨身碟，迎了過去。

「是副局長，以後記住了！」王副局長還挺幽默，轉身指著身後的兩個警察，「我給你介紹一下，這兩位是從海城來的同事，他們這次來是因為有件大案子要請咱們協助一下，劉隊長你一定要全力配合海城同事的工作。」

「是！」劉晨對那兩個海城來的同事伸出手，「我是劉晨，網監大隊的負責人，兩位請坐。」

「行，那你們談，我就先下去了！」王副局長說完就走，看見劉晨要跟上，又擺手道：「別送了，案子要緊！」就出門走了。

劉晨只好坐了下來，道：「那就請兩位說說案子的情況吧！」

兩位海城警察對視一眼，然後一個白臉的警察開始從公事包裏掏東西，一邊道：「其實，這個案子劉隊長應該很熟悉，就是前不久海城網路演習的案子。」

「哦？」劉晨有點意外，「那案子不是因為沒有線索被擱置了嗎？」

劉晨嘴上這麼說，是給那兩個警察面子，凡是參加了演習的都知道，是因為技術方和行政方意見有分歧而被擱置了。

「是這樣的，我們昨天接到了群眾舉報，現在已經鎖定了嫌疑目標，這次來，就是想讓劉隊長幫我們查一查這個人的資料，順便看能不能通過技術的手段，確認一下此人目前的位置！」

那人打開了文件夾，往劉晨跟前一推。

劉晨沒有去看檔案，而是笑道：「為什麼要到封明來調查呢，再說，如果要技術追蹤的話，海城的網監完全可以去辦啊！」

劉晨得問清楚，自己不能貿然答應，萬一海城那兩方還在槓著呢，自己這一插手，明顯就是越過管轄區域了，那是在打海城網監的臉，這種事她可不做！

那兩個海城警察臉色立刻滯了一下，看來還真讓劉晨給猜對了，海城的網監估計是不接手這件事，兩方的意見應該還沒達成一致。

不過那白臉警察很快就道：「呵呵，是這樣的，劉隊，因為我們鎖定的這個犯罪嫌疑人呢，他是封明市的人，根據資料顯示，此人在封明上了四年大學，我們想他應該會在這裏留下什麼記錄或者檔案。」

劉晨笑了笑，道：「你們要調閱資料當然可以，只要履行正常手續，我能提供的全部提供，但追蹤嫌疑人的事，你們還是和自己的網監商量商量吧，這個我可不敢越過許可權，而且我們這裏也有幾個大案子正在辦，人手實在抽調不開，就算是要協助你們追蹤，估計也得等個十天半月的，這還得看老天的臉色，希望那時候不會再來新的案子。」

白臉的警察咬了咬牙，道：「好，就這麼辦吧，那我們就先談談這個犯罪嫌疑人的情況吧。根據我們手上的資料，嫌疑人叫做劉嘯，封明大學畢業，現在經營一家……」

「劉嘯？」劉晨當即變色，把檔案夾拽過來一看，那上面的照片上赫然就是劉嘯。

白臉警察一看劉晨的反應，「哦？看來劉嘯真是名不虛傳，我一提名字，你便知道是誰了。呵呵，這個劉嘯目前在海城經營一家工作室，我們接到舉報後，立刻搜查了他住的地方，但是已經人去樓空，我想調閱一下他的詳細資料，看看此人有可能逃到什麼地方去了。」

劉晨大感頭疼，劉嘯怎麼會和這件事扯上關係？劉晨把檔案一合，「行，這事我知道了，回頭有消息我就通知二位！」

劉晨此刻只能先應付一下，看怎麼把這事解釋清楚。

「那就拜託你了，劉隊！」兩位警察笑著站起身，「那我就等你的好消息了！」

兩警察說完一回頭，剛好劉嘯從外面進來，嘴裏還道：「怎麼樣？我給你的東西都看了沒，有什麼問題沒？」

白臉的警察立刻傻眼，這人很眼熟，再一想，這不就是那個劉嘯嗎，於是就開口了：「你……」

「小張！」劉晨此時暴喝一聲，「你還坐在那裏幹什麼，去把這兩位海城來的同事安排好！」

一旁的警察撓著頭站起來，不知道自己的頭今天哪裡這麼大火氣，走過來，在前面帶路，「兩位跟我來吧！」

那兩個海城來的警察徹底迷糊了，也不敢亂開口了，不知道劉晨這葫蘆裏到底賣啥藥，明明嫌疑人就在眼前，她卻提也不提，是包庇呢？還是穩住嫌疑人後另有打算？最後兩人選擇了相信後者，於是又把劉嘯仔細打量了一番，這才跟著那位小張警察出去了。

劉嘯有點納悶，不知道這警察為什麼這麼奇怪地盯自己看，等兩人一走，劉嘯就問著劉晨，「這兩警察怎麼回事？是不是有毛病啊，老盯我幹啥！」

「你先別管別人有沒有毛病！」劉晨讓劉嘯坐下，「我問你，上次海城演習被搞砸的那事，和你有沒有關係？」

劉嘯心裏「咯登」一下，「你怎麼又想起問這事了，我不是就告訴你了嗎？這事和我沒關係！」劉嘯連連搖頭。

「真的沒有關係？」劉晨盯著劉嘯。

「還能有假？」劉嘯撇了撇嘴，「如果真要說有點關係的話，那就是海城那些個部門佈線走線、電腦組裝安裝的活，都是我做的，不過那是海城政府承包給我之前所在NLB公司來做的。」劉嘯聳聳肩，「就這點關係！」

「沒騙我？」劉晨繼續盯著劉嘯。

「我沒必要騙你！」劉嘯有點火了，「你不信自己查去，真是的，我走了！」劉嘯站起來，準備走人。

「你先別走！」劉晨一把拽住劉嘯，把他重新按回到座位上，「我相信你就是了！」完了劉晨皺皺眉，「我今天破例違反一次原則，我得告訴你一件事。」

「什麼事？」劉嘯瞥了劉晨一眼，自己打個電話的工夫，她怎麼像是變了個人似的。

「剛才那兩個警察是從海城來的，來封明的目的就是調查上次海城演習被攻擊的事，他們接到舉報，鎖定了目標嫌疑人。」劉晨咬咬嘴唇，「調查的對象就是你！」

「我？」劉嘯立時蹦了起來，「開什麼玩笑！」嘴上這麼說，劉嘯的心裏卻是吃驚不已，自己手腳那麼乾淨，計畫也完美無缺，根本沒有人知道這事，怎麼會被人舉報呢，難道這世界還真的存在上帝之眼不成？

「你先不要激動！」劉晨再次按下劉嘯，「有可能是有人惡意舉報，你想一想，你有沒有得罪過什麼人？」

「那多了去了！」劉嘯有點喪氣，「就比如說上次的吳越家族，還有這次封殺毒軟體的那個病毒集團，他們都被我收拾過，但海城演習失敗的事，是海城政府內部的秘密，只有極少數人知道內幕，這些人又怎麼會知道呢！」劉嘯在桌子上捶了一拳，「靠！我怎麼這麼倒楣！」

劉晨算是聽明白了劉嘯的話，「你的意思是，這是我們內部有人故意誣陷你？」

「我沒這麼說！」劉嘯撓著頭，「我只是想不出，到底是誰舉報了我呢？」

「你也別太著急！」劉晨坐下來思索了片刻，道：「對了，還有一件事，海城警察昨天去了你住的地方，沒找到你，他們認為你畏罪潛逃了。」

劉嘯沒說話，不過劉嘯也不擔心海城那邊搜查自己的家，自己的駭客工具都分散到網上去了，電腦上就剩那些反病毒的工具，查也查不到什麼。

「這事我會替你作證，解釋清楚的！」劉晨頓了頓，「海城那邊的辦案作風太粗糙了，這種事都能整出來，就衝這一點，我看他們這次八成是被人耍了。你的懷疑也不是完全沒有道理，按說知道這事的就是我們圈裏的人，但我一時也想不出究竟會是誰誣陷你，為什麼要誣陷你！」劉晨此時也有些糊塗了，除了自己，劉嘯和網監裏的其他人沒牽扯啊。

「唉，算了，別扯那些沒用的了！說說眼前怎麼辦吧！」劉嘯看著劉晨。

「你讓我想想！」劉晨拳頭捏住了放開，放開了捏住，看來她心裏也沒什麼主意，「剛才那兩個海城來的傢伙，肯定是看見你了，這……」

劉晨在想著辦法，這事有點難辦了。

「嗡嗡！」劉嘯的電話此時響了起來。

「接不接？」劉嘯問著劉晨，「海城那邊會不會監聽我的電話？」

「不會，你這案子還用不上監聽，監聽的話早就抓到你了！」劉晨頓了頓，「算了，你還是用我的電話打回去吧！」

劉嘯按掉電話，然後用劉晨的電話撥了回去，是熊老闆打來的。

「喂，熊哥！我是劉嘯！」劉嘯報明身分，「你找我有事？」

「劉嘯，你這次麻煩大了！」熊老闆的聲音很急，「剛才大牛給我打電話，說他被警察叫去，就是海城的事，警察要查你那天在做什麼！」

「去查吧！」果然是這事，「那天我請假，在家睡覺！」

「你傻瓜呀！」熊老闆有點急了，「這麼說，不是連個證人都沒有嗎？還好大牛機靈，他說你那天在公司上班，我給你通通氣，到時候別說岔了！」

劉嘯捏了捏額頭，真是頭疼啊，「牛老闆真這麼說的？」

「是啊！怎麼？有什麼不對嗎？」

「完了！這下牛老闆也麻煩了！」劉嘯只覺得一陣頭暈目眩，到底是把別人給牽扯進來了，「天晶大廈的各個門口都裝有監視器，我有沒有去上班，警察只要調出當天的錄影，一看就知道！」

「啊……」估計電話那邊的熊老闆此刻都傻了，這大牛真是好心辦了壞事。

熊老闆愣了片刻，道：「那這樣吧，劉嘯，你也不要太著急。你現在在哪呢？我看你先在外面躲幾天，我先動用自己的關係，去查一查到底是怎麼回事，事情擺平之後，我再通知你回來。」

「別別別！」劉嘯趕緊阻止，「我可不想你也因為這事有個什麼閃失。何況現在也已經晚了，我人在封明，海城的警察也追到這裏了，剛打過照面！」

「那我現在就找人去！」熊老闆急了，看來事情比自己想像的還要嚴重。

「不用了！」劉嘯故意笑了幾聲，「我自己能解決的！你放心吧，我很快就到海城了！」

「你先別回來！」熊老闆豈是那種你說東他就東的人，「我先弄清楚情況後你再回來！好，就這麼定了，我現在就去趟市府！」熊老闆說完掛了電話。

「怎麼了？」劉晨看著劉嘯，剛才的電話她也聽了個大概，「有人給你整岔了？」

「算了，不說這個了！」劉嘯擺了擺手，「你現在就去通知那兩個海城的警察，我跟他們回去，把事情解釋清楚！」

「不行！」劉晨不答應，「海城的警察，我自有辦法應付。現在事情沒有搞清楚，你不能回去，如果真的是有人惡意誣陷你，你回去不是自投羅網嗎？絕對不行！」

「你有什麼辦法？人家都看見我了，你還想怎麼掩飾！你不去通知也行，那我自己回海城去！」劉嘯說完，直接出了網監大隊的門，再拖下去，自己還不知道要把多少人牽進來。

「你怎麼這麼倔強啊！」劉晨趕緊在後面追上，「你等等我！」

劉嘯回到招待所，把電腦一裝就要出門，結果被劉晨堵在了門口，「你要回去也行，我陪你回去。你是被我拽到封明的，我必須跟海城方面解釋清楚。」

劉嘯拍拍劉晨的肩頭，「沒事，只要我能把事情解釋清楚，來封明這事就不用解釋了！」

「那是你的事！」劉晨盯著劉嘯的眼睛，「但只要是跟我有關的事，我就必須解釋清楚！」

劉嘯看劉晨態度堅決，看來自己不答應是不行了，只好嘆了口氣，「行，你要解釋就解釋吧！」反正是明擺著的事，也和上次演習那事沒什麼牽扯，劉晨要解釋就去解釋吧。

「好！你就在這裏等我。」劉晨點了頭，「我現在就去通知海城的人，等我把隊裏的事安排一下，我跟你一起去海城！」劉晨說完，匆匆離去。

劉晨走後，劉嘯在屋裏踱了兩圈，突然想起一件事，趕緊把電腦掏了出來，開機上網，發了一封郵件，再把電腦上該刪的東西刪掉，重新裝好電腦，等著劉晨過來。

第九章　烏龍事件

白臉警察的臉頓時變色，自己手上唯一拿得出手的證據，竟成了烏龍事件，這問詢還要怎麼進行啊，最後只能拿出老招數：「我告訴你，我們既然能請你到這裏來，自然還有其他的證據，我們這是在給你機會！」

海城市府對這個案子一直都很重視，為此還專門成立了專案小組，可是缺少了技術方的支援，案子拖了這麼久，也沒有絲毫的進展。不過現在不一樣，昨天剛接到舉報，今天被派到封明的人便一舉抓住了犯罪嫌疑人，專案組的領導都興奮了起來，看來真是時來運轉啊，只要能把這案子破了，看那幫技術方的人今後還拿什麼蹺。為此，專案組的幾位負責人一合計，決定等犯罪嫌疑人一到海城，便立刻問詢，不給技術方發難的機會，而且，他們要親自觀看問詢的過程。

問詢的地方自然設在海城公安局，前後進來兩輛警車，那兩個從封明歸來的警察，就坐在前一輛車上，等車一停穩，兩人急忙跑過去給幾位領導敬禮。

「辛苦了！」領導們笑逐顏開，「這麼快就抓住了嫌疑人，你們勞苦功高啊！」

白臉的警察神情變了一下，道：「多謝領導誇獎！人是抓住了，不過……」

「不過什麼？」

白臉警察咬咬牙，「嫌疑人根本不是畏罪潛逃，他是被封明網監大隊的人請去做技術支援了，我們到封明時，嫌疑人剛好就待封明市公安局，完了就……就跟我們回來了！」

此時，劉晨從後面的車上下來。

白臉警察趕緊道：「那就是封明網監大隊的劉隊長，她專門過來解釋這事來了！」

幾位領導的臉頓時變得難看了，看來是白高興了。

「就算他真的是去封明做技術支援，也不能說明他之前就沒有攻擊過我們的網路！」其中還算有位領導比較鎮定，「我看還是先進行問詢吧，等問完之後，我們再做下一步的決定！」其他幾位領導連連頷首。

劉嘯從車上下來，往那邊一瞅，當時就樂了，把一旁的劉晨給弄迷糊了，「你是不是傻了？」

「沒有，我看見一個老熟人！」劉嘯說完，朝那邊揮手，大喊著打招呼，「喂，禿（塗）頭，真巧啊，你也在呢！」

這個塗頭，就是之前海城網路改造專案的總負責人，劉嘯曾跟他反映過海城網路的漏洞問題，結果被罵了回來，禿頭作為專案的負責人，也被指定為專案組的領導之一。

禿頭遠遠聽到劉嘯喊他，再看清楚模樣，瞬間石化。他並不知道嫌疑人就是劉嘯，今天來，不過是接到了其他幾位負責人的通知，要他過來觀看問詢，再商量一下後面的部署決定。

其實這禿頭最不想看見的，就是劉嘯幹了那事。一旦劉嘯把一切都招了，那劉嘯就沒事了，因為他完全可以說自己的攻擊是為了提醒海城市府，這就印證了技術方的猜測，技術方一定會大力保全劉嘯，最後倒楣的只能是自己。是因為自己隱瞞了劉嘯反映漏洞的事實，才導致演習的半途而廢，這是嚴重的瀆職。

禿頭是這次改造項目的負責人，海城為了這次的演習花了多少資金，動用了多少人力，他是最清楚的，因此當他看見劉嘯的一瞬間，心臟差點停止跳動，多日的擔心終於變成了事實。

「你認識那禿頭？」劉晨奇怪地看著劉嘯，「你們關係很熟？」

「不熟！」劉嘯笑了笑，「就見過一面，還差點打了一架！」劉嘯說完，朝那邊走了過去。

「站住！」一旁的警察大聲喝道，「沒有允許，不許亂動！」說完上前扣住了劉嘯的肩膀。

「老塗，你認識那人？」

其他幾位專案組的負責人齊齊看著禿頭，禿頭的臉由青變白，又由白變青，琢磨著該怎麼回答這個問題。

想了片刻，禿頭搖頭道：「不認識，會不會是那傢伙認錯人了？」

禿頭決定和劉嘯先劃分界限，然後看問詢的結果再做打算。眾人又齊齊看向劉嘯，等待劉嘯的進一步動作。

劉晨吼道：「幹什麼？放開他！他只是回來接受調查，又不是你們的犯人！」

那警察只得悻悻地放開了劉嘯。

「現在怎麼辦？」白臉警察看著幾位領導，「請領導指示！」

「那就先問一問吧！」一位負責人開口了，「就由你來問，一定要問清楚，嫌疑人到底有沒有作案的時間和動機，還有，要旁敲側擊，引出其他的線索來，我們現在缺少的就是確鑿的證據！」

「我明白了！」白臉警察一立正，「那我就先帶嫌疑人進去了！」白臉警察說完敬禮，之後朝劉嘯那邊走了過去。

「走吧，跟我進去，我們有一些問題需要你來核實！」白臉警察帶著劉嘯朝辦公大樓走去，劉晨緊跟其後。

路過那幾位負責人身邊的時候，就見姓塗的傢伙頭抬得老高，一副看也不願意看劉嘯的樣子。劉嘯覺得有點好笑，他知道姓塗的這是心虛，也猜出來這傢伙此時心裏在想什麼，於是恨恨地扔了一句「靠，怎麼禿頭的人都長得一模一樣！」說完還直搖頭，好像是認錯了人的樣子。

姓塗的臉再次鐵青，氣得嘴唇直哆嗦，「你……」

旁邊的人看姓塗的那麼激動的樣子，趕緊勸道：「消消氣，消消氣，別跟這種人一般見識！」

眾人踱著步子進了辦公大樓，姓塗的走在最後面，不停地擦著頭上的冷汗，心裏暗道僥倖，他剛才那生氣激動的樣子，都是做出來的，劉嘯說那話，他感激還來不及呢，這等於是撇清了兩人的關係。看來那傢伙也是個聰明人。

白臉警察把劉嘯帶到一間問詢室，又點了一名筆錄員，對劉晨道：「劉隊長，我現在要問嫌疑人一些問題，你能不能先回避一下！」

「我當然是要回避的！」劉晨嘴上這麼說，身子卻沒有挪動分毫，「但是在回避之前，我希望先把和我有關的事情解釋清楚！」

白臉警察咳了兩聲，「劉隊，我們完全相信嫌疑人劉嘯是被你請到封明去的，這個問題你之前已經解釋過了，我想就沒有必要再解釋了。我們現在要搞清楚的問題，已經不是嫌疑人是否畏罪潛逃，而是嫌疑人是否攻擊了海城市府的網路！」

「我沒有攻擊海城市府的網路，所以更不會畏罪潛逃！」劉嘯趕緊聲明道。

劉晨看了劉嘯一眼，心想：都這個時候了，這小子還和平時一樣，看來這事真不是他幹的，不然他不會這麼鎮定。劉晨於是放了心，白臉就是本事再大，假的也不能問成真的啊，於是對那白臉道：「你們回頭把我說的那些整理出個筆錄來，我要簽字！」

「好好好！」白臉警察連聲答應，把劉晨送出了問詢室，關上門，之後回頭看著劉嘯，「說吧，把你的問題都交代一下！」那表情就好像是在說，你的「護身符」已經出去了，保不住你了，趕緊交代。

「我剛才不是都說了嗎？」劉嘯一臉詫異。

「你說你沒有攻擊，那就沒有攻擊啊？」白臉警察換上一臉凶相，「所有嫌疑犯進來的時候都這樣說，但我告訴你，至今還沒有一個人能從我眼皮底下混過去！識相的就快點說，等我們拿出證據，你後悔就晚了！」

劉嘯嗤了口氣，「你有證據，儘管去告我好了，法院怎麼判我都接著！不過我也告訴你，沒有證據請你不要亂講話，我不是被人嚇唬大的，小心我告你誹謗！」

白臉警察吃了個癟，問詢的時候，最怕遇上這種油鹽不進的高智商「罪犯」，看來嚇唬是不行了，白臉警察頓了頓：

「我剛才只是給你個提醒，不要拿法律當玩笑，你在這裏說的每一句話，都會被記錄在案的。那好，我問你，十月廿三號這天，你在做什麼？」

「我病了，請假在家休息！」劉嘯想也不想就回答。

「你不用回憶一下嗎？」白臉盯著劉嘯的眼睛，「你似乎對這一天的事情記得很清楚啊？」

「能不清楚嗎？」劉嘯鄙視地看了一眼白臉，「你們找我不就是問這事嗎？從封明到海城，我都回憶一路了。」

「咳……」白臉警察這招也沒用上，尷尬地咳了咳嗓子，「你在家睡覺，有誰可以證明？」

劉嘯覺得有些頭疼，「如果你是懷疑我那天沒病，那你可以去查病歷，病歷可以證明我那天病了，如果你是讓我找人來證明我確實睡覺了，對不起，我單身，睡覺沒人陪，不會有人能證明！」

「有人舉報你在廿三號那天攻擊了市府的網路，你怎麼說！」

「我能怎麼說？別人要舉報，事先也不會跟我商量！」

「注意你的態度！」白臉有些惱怒，「為什麼不舉報別人，偏偏舉報你？你說！」

「你要是這麼問，我無話可說！」劉嘯對白臉的弱智問題有些反感，「回頭你被人舉報了，你自己去問那舉報人：為什麼有那麼多人，你偏偏舉報我呢？完了你看那舉報人怎麼說！」

白臉警察有些招架不住，看來老是拿虛話套，是套不出什麼實質性的東西了，於是道：「我們接到舉報，經法院批准後，搜查了你的家，我們在你家裏的電腦上發現了大量駭客工具，你對此怎麼解釋？」

「我在封明的那台筆記本電腦不也被你們被扣住了嗎？那上面也有大量的駭客工具，但這能說明什麼呢？我有足夠多的證據證明，我是用那些駭客工具給封明市公安局提供了技術支援，協助他們破獲了一起網路犯罪案件。」劉嘯看著那白臉警察，「我家裏的那台電腦上是有駭客工具，但這又能說明什麼？那些工具能做些什麼？他們會製造什麼樣的攻擊方式？能產生的危害又是什麼？之前海城市府的網路受到了什麼樣的攻擊？兩者之間的攻擊方式是否一致？最重要的一點，在十月廿三號這天，那台被你們稱為擁有大量駭客工具的電腦是否在我的手裏？電腦上面是否有攻擊探測市府網路的記錄？」

白臉警察徹底傻了，看來今天的問詢明顯有些操之過急了，準備得太不充分了，自己根本不懂這些駭客的玩意啊，這下可好，讓嫌疑人把自己給唬住了。

「很遺憾吶！」劉嘯無奈地聳肩，「那台電腦是廿三號之後才到了我的手裏，我有電腦公司的訂貨送貨記錄，電腦機箱外殼上，還有保修日期起始日的封條。就算那些駭客工具能做證據，你不覺得你拿錯證據了嗎？」

白臉警察的臉頓時變色，自己手上唯一拿得出手的證據，竟成了烏龍事件，這問詢還要怎麼進行啊，最後只能拿出老招數：「我告訴你，我們既然能請你到這裏來，自然還有其他的證據，我們這是在給你機會！」

「那我能問一個問題嗎？」劉嘯笑呵呵地看著那白臉警察。

「問！」白臉警察沒好氣地瞪了一眼劉嘯。

「我為什麼要攻擊海城市府的網路，我的動機在哪裡？」劉嘯先發制人，把白臉警察還沒來得及問的問題，先提了出來。

這個問題把在監控室觀看問詢過程的塗禿頭嚇了一跳，如果真的是劉嘯攻擊了海城市府的網路，那動機不就是在自己這裏嗎？

當下他咳了兩嗓子，道：「我看今天的問詢就先暫停了吧，這樣問下去，也問不出什麼結果來！」

其他幾位負責人都是警方的人，平時見過不少難審的嫌疑人，但像劉嘯這麼反過來審警方的，也是頭一次碰到，個個頭疼不已，當下給問詢室的白臉警察發了個信號：問詢暫停！

「我看我們還是從別的地方入手吧！」其中一位負責人開了口，「想從嫌疑人這裏找到突破口，似乎是不太現實了。」

另外一位連連頷首，「這樣吧，回頭叫我們的人爭取和那個舉報人取得聯繫，等把證據做實了之後，再進行問詢，我想在鐵證面前，那嫌疑人就是想狡辯，也沒那麼容易了！」

「這個有點困難，舉報人沒有留下任何聯繫方式，而是通過電子舉報的方式來舉報的！現在技術一方很不配合，我們想要找到舉報人，僅憑我們的力量很難辦到。你們剛才也看到了，嫌疑人隨便幾個問題，就把我們的人給難住了，我認為解決這個案子的突破口，還得從技術方那裏想辦法，只要他們肯幫忙，這案子就好辦了！」一位負責人提出了自己的看法。

「我能說兩句嗎？」禿頭好不容易找到個插嘴的機會，看眾人都不反對，這才說道：「剛才的問詢我也看了，我發表一下自己的看法。嫌疑人如此鎮定自如，甚至是針鋒相對，那我們是不是應該反問一下自己，會不會是我們冤枉了嫌疑人？」

其他幾位負責人都奇怪地看著禿頭，這話是最不應該從禿頭嘴裏說出來啊！

禿頭被大家這麼看，有點尷尬：

「公是公，私是私，剛才那嫌疑人是對我有些不禮貌，但我還是會對自己所看到的事實做出一個客觀的判斷。所以，我建議我們應該先從那個舉報人入手去查，為什麼舉報人對嫌疑人的情況如此瞭解，但又沒有提供嫌疑人的犯罪證據；為什麼市府已經封口了的事情，這個舉報人會知道內幕！」

眾人對視一眼，都點了點頭，其實這個問題大家都想過，但這個案子拖了這麼久才有了點線索，大家都秉著「寧可錯殺，不可放過」的原則，有些操之過急了。

禿頭看自己的建議通過，不由鬆了口氣，其實禿頭是有自己的盤算，剛才他聽說只要技術方不參與，那找到舉報人的機會幾乎就是個零，所以他才出了這麼個建議，查去吧，永遠查不到才好呢。

「那嫌疑人怎麼辦？」有負責人問道，「是先保釋，還是羈押一段時間？」

「放了吧！等證據做實，再抓也不遲，諒他也跑不掉！」

「不行！」禿頭跳了起來，「一定要羈押起來！」

眾人大愕，再次看著禿頭。

禿頭也發現自己有些失態了，趕緊掩飾道：

「剛抓進來，馬上就放，顯得我們執法太過於隨意；第二，那個舉報人肯定和嫌疑人認識，我們還需要從嫌疑人找點線索去挖出舉報人來；第三，羈押之後，嫌疑人心裏有壓力，說不定就招了！」

眾人點頭，還是禿頭想得周全啊，這讓自己這個老公安都有些汗顏了！

禿頭此時都有點佩服自己，瞬間就想出這麼多理由來，真是人才，不過他心裏倒盼著把劉嘯就那麼一直羈押著，也不要再問詢了。可惜，另外一位負責人的話很快打碎了他的美夢。

「羈押四十八小時，如果嫌疑人期間什麼都不肯說，就允許保釋！」

眾人一致通過！

劉晨一直等在問詢室的門口，得知專案組要把劉嘯暫時羈押，她很生氣，直接跑去找專案組的領導質問。

專案組的負責人都是老公安了，哪裡會給劉晨留下什麼把柄，「我們做這樣的決定，自然是有自己的理由，同時，這也是在我們的辦案規定範圍之內的，四十八小時之後，如果我們拿不到足夠的證據，此案不能進入正常的司法環節，那我們肯定是要釋放嫌疑人的。」

另外一個負責人更絕，「劉同志，請不要把個人的情緒帶到案子當中來，你和犯罪嫌疑人認識，按照規定，你是需要回避這件案子的。你可以替嫌疑人作證，但你只需要把自己的問題解釋清楚就可以了，至於案子該怎麼辦，我們比你清楚，用不著你教！」

劉晨氣悶，只得甩門而去。

半個小時後，專案組請了無數次但一直請不動的技術方終於回話了，技術方主動要求參與到案子當中來，會在最短時間內派出技術小組過來協助專案組辦案。

更讓專案組感到驚訝的是，技術方還從國家資訊安全中心請了一位超級專家過來壓陣，專家會對劉嘯的電腦，以及電腦上的那些駭客工具，做出一個準確的鑒定，判斷劉嘯是否攻擊了市府的網路，是否具有攻擊市府網路的能力。

這位超級專家，就是大名鼎鼎的「中神通」黃星！

專案組對技術方的一反常態迅速做了個分析，最後得出結論，技術方一直都在關注這個案子，現在得知專案組抓到了嫌疑人，便著急參與進來，目的很明顯，一是想確定嫌疑人是否真的攻擊了市府網路，意圖何在，這點技術方也很關心；二是一旦確定嫌疑人真的攻擊了市府網路，那麼技術方肯定會暗中搗鬼，替嫌疑人減輕罪行。

於是，專案組回覆技術方，專案組完全有能力偵破此案，無需任何人的幫助。但專案組的也沒有把話說死，他們給自己留了餘地，說技術方要參與進來也可以，只需協助專案組迅速找到舉報人就可以，其他的就不需要技術方操心了。

專案組能做出這個回覆，是因為他們心裏早已經有了盤算，他們決定請一個專業的網路安全機構來對劉嘯的電腦和那些駭客工具做出鑒定，這樣得出的鑒定結果相對來說更為可信，不怕技術方從中搗鬼。但追蹤舉報人的事總不能也讓民間機構來做吧，於是他們就做出了這個自認為是兩全其美的回覆。

技術方的異常主動，有些出乎專案組的意料，接下來的事情就更讓專案組驚詫不已。

市長親自打電話過來，還是老調重彈：

「那個案子有沒有什麼進展啊？你們一定要在思想上高度重視這個案子上，多費心思，抓點緊，爭取早日破案，給市府一個交代。」市長頓了頓，說了一句意味深長的話，「聽說你們抓到了一個嫌疑人？唔，在處理上一定要注意公平公正，講究證據，絕不能冤枉一個好人！」

市長的這個鐘敲得讓專案組的人有點暈頭轉向，摸不準市長是什麼意思，專案組在這個案子上一直都是按照制度章程來辦事的，並無什麼不恰當的行為，為什麼市長要說這話呢？

專案組還沒琢磨明白，市裡的其他領導也都來了電話，政協的，人大的，政法委的，和市長的態度一樣，既要求專案組抓緊辦案，又要求他們講究證據，不能冤枉好人，不能造成壞的影響。

專案組此時總算是回過味了，怪不得那個嫌疑人剛才在問詢的時候一副有恃無恐的樣子，原來他的能力真不小啊。

這下專案組覺得有點棘手了，後悔在沒把證據搜集得很充分的情況下傳喚了嫌疑人，現在有這麼多的部門盯著這個案子，今後辦案難免有些束手束腳，也不敢放開幹了。

這一幫人正在發愁呢，技術方那邊的電話來了，他們同意了專案組的要求，技術小組就不派過來了，但黃星會在最快的時間前來進行技術支援，幫助尋找舉報人。

專案組此時又後悔了，他們又想讓技術方參與進來，一來增加辦案的透明度，這樣在公平公正方面，上峰就不會有所疑慮；二來就算將來有所差池，那也是技術方提供的鑒定或者證據有問題，板子不會全打自己身上；三是可以迅速瞭解此案，儘快脫身。

誰知技術方的負責人一聽此話，惱了，如此反覆，這不是拿自己這邊的人當猴耍嗎，想都不帶想，他就拒絕了專案組的要求，但黃星還是會過來。

專案組一合計，只好按照原來的方案辦了，劉嘯的電腦還是得去找一家權威的網路安全機構去評定一下，選來選去，這幫人最後就選中了軟盟科技。

四五個小時之後，黃星出現在海城公安局門口，黃星大約三十五六歲的樣子，也穿著一身警服，只是袖標和一般的警察略有不同，劍眉英目，遠遠望去，有一種鶴立雞群的感覺。

專案組的一位負責人早就等在了門口，看將黃星，連忙笑道：「歡迎歡迎，我姓葉，是海城公安局的副局長，代表專案組所有警務人員歡迎你，黃技術員這一來，我們的案子就有希望了。」

「葉局長客氣了，我這次來，只負責尋找舉報人，至於案子的具體事宜，我不會參與！」黃星直接開門見山道明了立場，大概是來之前技術方的負責人對他有交代，「既然案子緊急，我看咱們就不用這麼客套了，請您安排一下，把該移交的東西移交過來，我這就開始追蹤。」

副局長有點失望，看來把黃星拉進案子的打算落空了，不過他還是笑著，「那好，我們進去再說吧，我們的人已經把一切都準備好了。」

「對了，這位是我這次的副手！」黃星說完，他的身後閃出一個人來，正是劉晨。

「這不是封明網監大隊的劉隊長嗎？」副局長有點驚訝，「劉隊長和嫌疑人認識，這個案子似乎應該回避吧！」

「我看用不著！」黃星打斷了對方的話，「既然認識，那我相信劉隊長就會更加努力地去辦案，早一日找到那舉報人，也就早一天可以弄清事實，還自己朋友清白。再說了，有我負責這事，難道葉局長連我都信不過？」

「那倒不是！」副局長連連搖頭，心想我信不信得過你有啥關係，到時候出了事，只要不讓我兜著就行，便道：「既然黃技術員指定劉隊長做副手，那我們絕無意見！」

「請！」黃星大手一伸，率先朝辦公大樓走去，劉晨緊跟其後。那副局長搖了搖頭，跟了上去。

副局長把黃星二人帶到三樓的一間辦公室，道：「黃技術員這兩天就在這裏工作！我們這裏比較簡陋，委屈你們了。」

「資料什麼時候送來？」黃星直接了當問道。

「技術科的人馬上送過來，兩位稍等一會。」

副局長剛說完，有人便敲門走了進來，「葉局長，這是你讓我們準備的資料！」

「給我吧！」黃星開口了。

技術科的人把一疊檔案和兩張光碟交到了黃星手裏，黃星轉身就去忙了。

技術科的人走到門口，又道：「對了，葉局長，軟盟科技那邊我們已經聯繫好了，你看那嫌疑人的電腦是不是現在就可以送過去了？」

「好，送去吧！」副局長點頭，完了又囑咐了兩句，「這事很重要，一定要讓軟盟的人慎重對待，一點都不能馬虎！」

「明白！那我就去了！」技術科的人敬了禮，轉身出門去了。

「電腦要交給軟盟的人去鑒定？」黃星瞥了一眼葉局長。

「是！」副局長應了聲，「交給軟盟這樣的第三方專業安仝機構去鑒定，比較符合市裡提出的『公正公平，講究證據』的要求。」

「難道我們自己的人做不到公平公正，講究證據？」黃星看著資料，頭也沒抬。

他這話的意思很明顯，是在質問葉局長，因為技術方第一次安排的是由黃星來鑒定劉嘯的電腦，專案組駁回了，這才換黃星來追查舉報人，現在那副局長那麼一說，不就是變相在說黃星做不到公平公正嗎，這讓黃星的心裏極度不爽。

「這……」那副局長知道自己說錯話了，趕緊解釋道：「黃技術員，我不是那個意思，我的意思是……」

「我沒有誤會！」黃星把資料拍到桌上，「您放心，我會儘量做到你說的要求。現在我要開始工作了，請您回避！」

副局長還想說什麼，卻見黃星那邊已經趴在電腦前開始忙活了，一邊還指揮著劉晨，「劉晨，你去把舉報人用的電子信箱核實一下！」

「那……」副局長一臉悻然，「那你們先忙吧！」說完就關門離開了。

第十章　惡意舉報

「根據我的技術分析，這兩人應該就是同一個人。而此人在不久前還曾和本次案件中的嫌疑人劉嘯發生了嚴重的過節，並吃了大虧。」黃星頓了頓，「由此我才敢斷定，這是一起帶有報復性質的惡意舉報。」

第二天一大早，黃星領著劉晨，把一份報告放到了海城公安局局長的桌上。

那局長拿起來只看了標題，就一臉的驚詫：「追蹤不到？」

黃星點頭，「追蹤不到！」

局長有些不信，不會是技術方的人不肯盡力吧，「黃技術員，你是國家資訊安全中心的高級顧問，又是網路追蹤的專家，我實在不敢相信連你都無法追查到舉報人！」

「事實就是如此！」黃星面不改色，「舉報人隱藏自身的手段極為高明，這已經超出了我的追蹤能力，不過有一點我可以告訴專案組，這應該是一起報復性的舉報。」

「咦？」局長有些詫異，「既然都追蹤不到，為什麼你能肯定這是報復！」

「舉報人使用的這種手段，我來海城之前正好剛剛碰到過，這和我們資訊安全中心另外一起大案中嫌疑人使用的手段如出一轍。那個案子的具體情況，請恕我暫時不便告知，但根據我的技術分析，這兩人應該就是同一個人。而此人在不久前還曾和本次案件中的嫌疑人劉嘯發生了嚴重的過節，並吃了大虧。」黃星頓了頓，「由此我才敢斷定，這是一起帶有報復性質的惡意舉報。」

「原來是這麼回事！」局長嘴上這麼說，好像是表示自己明白了，其實他心裏卻更糊塗了，這怎麼又冒出個嫌疑人來，還有點繞圈，似乎是說資訊安全中心一件大案裏的嫌疑人，成了海城事件中的舉報人，舉報的對象就是剛剛抓住的嫌疑人劉嘯。

局長靠在椅背上琢磨了老大一會工夫，才算是把這裏面的關係給理順了，直起身子，道：「好，謝謝你提供的線索，這很重要。」

「不客氣！」黃星從沙發上站了起來，「如果沒有什麼其他事的話，我想啟程回去了。」

局長趕緊站了起來，「怎麼？這麼快就要回去？」

「因為在這裏意外地發現了我們案子中嫌疑犯的蹤跡，這把我們的偵察範圍大大地縮小了，我得回去彙報此事，然後部署一下後面的安排。」黃星伸出手，「公務在身，那我就先告辭了，如果以後有什麼需要我協助的地方，請您儘管開口！」

「我送送你！」局長雖然不想讓黃星這麼快走，但人家已經把話說明了，自己也不能強拉，只好從桌子後面走了出來。

「那劉嘯呢？」劉晨此時開口了，「是不是可以先釋放了？」

局長皺了皺眉，「這個嘛，我們得在專案組集體討論之後才能決定。另外，嫌疑人電腦的鑒定結果還沒有出來，如果電腦那邊的鑒定也沒有什麼問題的話，我們就可以將他無罪釋放。請放心，我們絕不會冤枉任何一個好人！」

一提劉嘯，黃星卻站住了身形，轉身道：「局長，我有個請求，不知道你能不能做主！」

「黃技術員請講！」局長笑著。

「我希望能和嫌疑人劉嘯見一面，有一些事情我得問他！」黃星趕緊補充道：「是關於我們案子的事！」

「這……」局長想了想，「嫌疑人目前還在羈押期間，不方便安排和他私下見面。如果你是要對嫌疑人進行問詢的話，這個我倒是可以安排！」

黃星皺眉，「我是有問題向他諮詢，不是問詢！」一字之差，兩者意義完全不同。

「那我就無能為力了！」局長笑著搖頭，「這是規定，希望你能體諒。」

黃星很少開口求人，一聽此話，自然轉身就走，「那就告辭了！」

「我送送你……」

局長追出來想送兩步，沒想還沒說完，自己辦公桌上的電話就響了起來，只好折回去接電話了。

「就這麼回去了？」劉晨在黃星背後嘟囔著，似乎對這個結果很不滿意。

「劉嘯肯定沒事！」出了辦公大樓，黃星抬頭看了一下天色，「放心吧，四十八小時一到，他就得被放出來！」

「萬一軟盟鑒定出他的電腦有問題呢？」劉晨問道。

黃星皺皺眉，「你不是說你已經事先看過劉嘯的那台電腦了嗎？」

劉晨點點頭，上次發飆到劉嘯家，劉嘯不在，她找物業開了門，把劉嘯的電腦給檢查了一遍，沒有發現任何問題。

不過劉晨還是道：「我是說萬一呢！」

「萬一？」黃星笑了笑，「不會有萬一的！本來我想見劉嘯一面，就是要告訴他，他不會有事，可惜現在見不成了；等他出來後，我還有事要問他，到時候你給我引見一下。」

劉晨有點不理解黃星的意思，「你說清楚點啊！」

「舉報劉嘯的人，不是一般人，他就是之前病毒危機的製造者wufeifan！」黃星嘆了口氣。

「你的意思是，wufeifan在病毒事件中吃了劉嘯的虧，於是使出這種手段來打擊劉嘯？」劉晨算是明白了過來，「你說的那個案子，不會就是病毒危機的案子吧，上面是不是一直都在追查wufeifan？」

黃星點頭，「wufeifan一日不揪出來，始終是個隱患，劉嘯這次算是做了件大功德，現在被wufeifan惡意栽贓，我們肯定不會坐視不管的。」

「你現在還不是坐視不管嗎？」劉晨撇了撇嘴，「白叫你過來了！」

「還沒到我們出面的時候！」黃星再次看了看天色，「好了，不多說了，我得回中心一趟，把追查wufeifan的事安排一下，你沒事的話，也趕緊回封明去吧。」

劉晨無奈道：「你先走吧，我要待到劉嘯出來！」

「那我走了！」黃星說完，走出十來步遠，又折了回來，「對了，你對這個圈子最熟悉，你幫我分析一下，這個wufeifan可能是誰？」

「還能是誰？」劉晨沒好氣，「這人肯定在上次海城演習我們邀請的那些駭客當中，不然他怎麼會知道海城事件的內幕，你回去挨個查，總會揪出來的！」

「我知道！」黃星皺眉，「我是讓你分析誰的可能性最大，如果換了你，你會先從哪方面入手調查？」

「這個……」劉晨皺眉開始思索起來。

「黃顧問！黃顧問！」

劉晨還沒想出個頭緒，那局長又從樓裏追了出來，大喊著黃星，連黃技術員也升級成了黃顧問。

「局長還有別的事嗎？」黃星皺眉。

「我這放下電話就追，總算是追上你了！」局長喘了口氣。

「我剛剛接到網路控制中心的電話，十分鐘前，海城的網路再次遭受到嚴重攻擊，此次駭客攻擊的手段和上次事件中的一模一樣，因為我們對這種攻擊已經早有防範，所以並沒有造成實際性的危害。駭客在攻擊後留言，自稱對上次的海城事件負責。」局長咳了兩聲，「看來上次那事真的和劉嘯沒有關係。既然是誤會，我們專案組決定立刻將劉嘯無罪釋放，黃顧問如果要見他，現在就可以去了！」

黃劉二人目瞪口呆，事情變化得也太快了吧，只不過是從樓上走到樓下的工夫，劉嘯就沒事了。

「這次多謝黃顧問的大力協助，你對舉報人的追蹤報告，也大力地印證了劉嘯是清白的。」局長嘆口氣，「如果能夠早把你請來，我們也就不會犯這種錯誤！」

「局長客氣了，辦案嘛，難免有疏忽的時候！」黃星說完，掏出手機，給海城網路控制中心打了過去，詢問事情的詳細過程，幾分鐘後，他掛掉手機，對那局長說，「局長，那我們就先走了。」

「好，好！」局長點頭，「看守所那邊我已經打過招呼了，估計這會正在給劉嘯辦手續，你們去，應該剛好趕上他出來！」

出了公安局的大門，劉晨問道：「那攻擊到底是怎麼回事？」

黃星皺眉，「這事越來越有意思了，我已經看不明白了！海城網路中心的負責人說，有個自稱是Timothy的傢伙，剛才攻擊海城網路後留下記號，宣稱上次的海城事件也是他幹的。」

「Timothy？」劉晨在腮幫子上撓了一下，「國外的？這傢伙為什麼要攻擊海城網路，理由呢？」

「Timothy稱自己是知名駭客組織RE & KING的前成員，負責開發設計一款防火牆軟體，但後來卻被組織給拋棄了。海城在網路改造中大量地使用了RE & KING的這款防火牆，Timothy宣稱自己攻擊海城的網路，純粹是為了報復RE & KING，他要讓所有人都知道，RE & KING的防火牆是世界上最不安全的防火牆！」黃星是皺著眉頭說完這段話的，這個解釋表現上看，是絲毫沒有破綻，但他總覺得有點不對勁。

「攻擊的時間有點巧了吧？」劉晨一語道出黃星心中的懷疑，「這麼久他都不承認，為什麼現在卻突然跳了出來？」

「問題是上次海城事件中，駭客利用的正好是這款防火牆上的漏洞，這就是說，這次的攻擊者和上次的攻擊者，極有可能是同一個人。」黃星思索了片刻，「你想想，劉嘯平時有什麼關係比較好，而且又精通駭客技術的朋友沒？」

劉晨搖頭，「你懷疑是劉嘯讓自己的同伴幹的？應該不會，他平時都是獨來獨往的，沒什麼同伴，如果說關係好，又精通駭客技術的朋友，那就是我了！」

黃星氣得白了劉晨一眼，「算了，我們還是去見見劉嘯，之後再琢磨這個問題。」

「唉……，天妒英才啊！」劉嘯此時正甩胳膊伸腰，邁出了看守所的大門，跟看門的警察打過招呼，回頭就瞅見劉晨站在不遠處，不禁心頭一熱，這丫頭居然一直把自己給盼了出來，於是喊道：「我在這呢，我又出來了！」

劉晨被他的樣子給逗樂了，喊道：「別在那站了，快過來！」

劉嘯緊走兩步，來到劉晨跟前，「讓你費心了！」

「這麼客氣幹什麼，是我把你交出去的，自然要把你救出來！」劉晨笑著，「來，我給你介紹一位大人物，我的師父，黃星！」劉晨說完，把黃星推上前來。

「啊！」劉嘯大吃一驚，他早就看見了劉晨身邊這人，以為是海城的警察或者是劉晨的同伴，但沒想到會是大名鼎鼎的黃星，趕緊伸出手，「原來是中神通前輩，仰慕已久，仰慕已久！」

黃星和劉嘯一握手，「這裏不是說話的地方，我們換個地方吧！」

三人上車，找了一家安靜的茶館。

國內五大駭客高手，劉嘯今日看到了第三個，有點興奮，道：「要是知道自己一進警察局便能看見名動江湖的中神通前輩，那我就早點進去了！」

「瞎說什麼！」劉晨白了一眼，「師父是我請過來調查你案子的。」

「多謝，多謝，讓你們費心了！」劉嘯誠摯道謝，起身鞠躬。

「行，誰要你謝了！再說，你又沒犯事，我們也只是做了一些份內的調查工作！」劉晨把劉嘯按在了椅子裏，「閒話少說，我師父有些事要問你，問完還得趕回去呢！」

「那問吧！只要我知道的，一定言無不盡！」劉嘯給黃星把茶倒上。

黃星微笑，「別聽劉晨瞎說，其實是我有一些事要告訴你，是關於wufeifan的事！」

「wufeifan！」劉嘯頓時眼睛溜圓，「這個傢伙又露面了嗎？」

「呵呵！」黃星笑了兩聲，「看來你還被蒙在鼓裏呢，是這樣的，你這次被人舉報，那個舉報的人就是wufeifan了！」

「靠！」劉嘯立刻竄出一股火，「我早該想到是他了！」

劉嘯很生氣，怪不得這麼隱秘的事情還會被人舉報呢，原來是wufeifan幹的啊，這傢伙三番四次栽在自己手裏，這次病毒事件裏，wufeifan辛苦經營多年的病毒王國，更是在一朝之間灰飛煙滅。按照這傢伙睚眥必報的性格，他肯定會反咬自己的，劉嘯真是後悔，自己怎麼就沒有事先預料到呢，那wufeifan才不會管自己有沒有攻擊過海城的網路，他只要達到自己的目的就可以了。

而讓劉嘯吃驚的是，wufeifan這次應該是起了要將自己徹底「除掉」的念頭了，不然他不會去借刀殺人，惡意舉報。

「媽的，老子跟他勢不兩立！」劉嘯是真火了，他已經沒有退路了，天知道wufeifan還會使出什麼招數，自己要是再被逮進去，可就不一定能出來了，看來必須儘快把這傢伙搞定。

黃星看劉嘯在那邊咬牙切齒，也不知道他心裏在想些什麼，於是說道：「還有一件事情，我們前兩天捕獲了一種新式病毒，是wufeifan設計的，這次的病毒和以往的完全不同，非常智慧，我想應該是wufeifan在病毒事件裏吃了虧，在你和衛剛的強勢逼壓下，硬生生將自己的技術提高了一截！」

「呃？」劉嘯有些不解，那wufeifan的技術兩年多了都沒有什麼進展，怎麼會在一次病毒事件後就提高了呢！

「wufeifan應該是總結了這次病毒事件失敗的原因，他認為自己之所以失敗，是因為自己製造的病毒很輕易被你們給捕獲，所以他的新病毒具有反偵測的能力。很多反病毒的人喜歡在虛擬系統裏研究病毒，但這種新病毒在被下載到一台電腦時，病毒的頭檔會提前運行，判斷自己此刻進入的電腦是否是虛擬系統，如果是的話，病毒就會立刻終止下載，迅速撤離用戶的電腦。而且病毒還在不斷地搜集和遮罩反病毒廠商用來捕獲病毒樣本的『肉雞』，這些肉雞的IP位址不斷地被載入病毒的備忘錄裏，之後病毒就會對這些IP敬而遠之、繞道而行，讓殺毒廠商無法獲得病毒的樣本！」

黃星頓了頓，「上次的病毒事件讓wufeifan感受到了病毒集團作戰的威力，所以他在新病毒中使用了一種IP定位感染技術，可以精確地控制病毒爆發的區域，這樣一來，就會形成他在局部網路上的瞬間控制權！」

「看來這傢伙是賊心不死，準備再次組建自己的病毒王國了！」劉嘯咬牙，不過wufeifan的這招還真是厲害，現在的殺毒軟體，絕大部分都是通過對特徵碼的掃描來判斷和查殺病毒的，這個模式的前提，必須是殺毒軟體商首先獲得病毒樣本，然後提取出病毒的特徵碼，將特徵碼添加到自己軟體的病毒庫裏，這樣用戶通過升級病毒庫後，就可以防止和查殺這種病毒。如果殺毒軟體商無法捕獲病毒，那一切全是白扯。

黃星依舊一臉微笑，「看來你們和wufeifan的戰鬥還得一直打下去了！」

劉嘯皺眉，自己確實有點低估了wufeifan，原本以為他在失敗後就會偃旗息鼓，沒想到這傢伙反而變本加厲。

「我想問問你，你這裏有沒有什麼關於wufeifan的資料？」黃星問道，「或者給我們提供一個追蹤的方向！」

「我要是能揪住他的尾巴，他此刻早被我送進大牢了！」劉嘯恨恨地道：「哪裡還輪得到他來舉報我！對了，wufeifan怎麼會知道海城事件的內幕？」

三人你看我，我看你，大家都是想通過對方來破解這個難題，沒想到劉嘯把這個問題給拋了出來。

沉默良久，劉晨突然開口了，「我始終有一種直覺，這個wufeifan應該離我們很近，他就在我們之間某人的周圍。」

「為什麼這麼說？」黃星問道，有點意外。

劉晨想了半天，道：「理由我也說不上來，就是個直覺罷了，總覺得……。咳！反正是有哪個地方不太對勁，細想又想不出！」

劉嘯大汗，「沒你說的那麼玄，我認識的人就那麼幾個，不可能有wufeifan這種人。」劉嘯搖頭，「要是wufeifan真敢摸到我眼皮底下來，早被我拍扁了，我看你這感覺不可靠！」

劉晨白了他一眼，「我就感覺你周圍的人嫌疑最大！」

「好了！不吵了！」黃星趕緊把兩人之間的那點戰鬥火苗掐滅，「反正我回去仔細排查一遍，多多少少應該能發現點線索的。其實這也怪不得劉晨會這麼想，最近這幾年，有多少成名的駭客高手落網，光我自己揪出來的，就有十來個，其中幾個，我曾見過多次面。唉……」黃星長長地嘆了口氣，很是傷感。

「就是！」劉晨連連點頭，完了斜眼看著劉嘯，「比如說那個邪劍……」

劉嘯當即無語，自己怎麼就把邪劍給忘了呢，邪劍倒確實是個睚眥必報的人，而且是那種冷不丁就從背後給你下手的人，一出手，就讓你毫無還手之力，劉嘯可是吃過邪劍的大虧。

一提起邪劍，他就忍不住地憤恨不已。不過劉晨這麼一提，倒是讓劉嘯想起了一事，當時自己明明把病毒扔到了廖氏，想給邪劍造點麻煩，可等自己一到海城，那病毒就掛著wufeifan的牌子跟了過來。要是這麼一尋思的話，邪劍似乎和wufeifan之間還真有點聯繫，劉嘯皺眉思索著，他把所有的wufeifan事件整理一遍，看看還有沒有什麼能和邪劍掛鉤的。

「邪劍的事確實讓我很痛心！」黃星搖頭，「當年，我和邪劍的關係最好，雖然他有時容易衝動，但很堅持原則。後來他被人栽贓陷害，不得不逃亡國外，是我多年來一直奔走活動，才給他把此事解釋清楚。沒想到他在國外逃亡期間，認識了那個同在國外留學的廖成凱，兩人一回國，就整出那個什麼駭客等級評定計劃。」黃星一臉地厭惡，「我很反對這個計畫，所以當時他邀請我參加發佈會，被我拒絕了！國內的駭客圈這些年浮躁異常，出現了一大批唯利是圖的無良駭客，很多人擠進駭客圈的目的本來就不很單純，而邪劍的這計畫不但要大批量地培訓駭客，而且那等級制度一日得到大眾認同，勢必會挑起眾駭客間無休止地爭鬥。」

劉嘯當時倒沒有想這麼遠，只是覺得邪劍野心有點大，要當中國的駭客教父、駭客校長，沒想到黃星想得比自己遠多了，駭客之間比試的威力，以前劉嘯或許沒有感覺到，但這次和wufeifan之間的比試，他是切身感受到了，如果這次讓wufeifan得逞了，那造成的後果真是不堪設想。這還只是私人之間的較量，如果換了是兩撥駭客組團ＰＫ，那……

「那他們的這個計畫現在怎麼樣了？」劉嘯問道。

「雖然上次被張小花給鬧得灰頭土臉，表面上看這個計畫是擱淺了，但暗地裏一直都在進行當中！」劉晨回答了這個問題，「名利雙收的事，廖氏自然不會輕易放棄的。」

「唉！」黃星嘆氣，「由他去吧！」

頓了片刻，黃星又想起一件事，「對了，張氏的項目進行得如何了？聽說他們的千金小姐失蹤了？」

劉嘯一拍腦門，自己這一被逮進去，還不知道張春生到底找到小花沒！順手往口袋裏一摸，暗道一聲「壞了」，手機被警局當作物證扣住了，怕是得專門去取一趟才行了。

「ＯＴＥ已經開始進行施工了，是先從張氏的分公司開始，現在還看不出什麼，得等到項目完工後，才能看到那個系統的效果！」劉晨看來是一直都在關注此事，「至於張氏那個千金小姐的事，我就不知道了，那得問劉嘯！」劉晨說完瞥向劉嘯。

劉嘯沒回答，此時他正鬱悶著呢，這一提到張小花，他倒有些坐不住了，就想趕緊著散了，然後好找個電話去聯繫張春生。

「劉嘯，我很奇怪，你是怎麼請到OTE的？」黃星問道。

「上次不是已經說過了嗎？」劉嘯眼睛瞪得溜圓，這事都說過好幾次了，「當初我被邪劍陰了一把之後，我的一個朋友就介紹OTE過來接手張氏的項目，我當時也不知道OTE有那麼厲害，以為是個沒名氣的公司，後來還是從劉晨那裏知道了OTE的來歷。我說的都是事實，至於我的那位朋友，我確實不清楚他的來歷，所以關於他的事情，我一概無可奉告。」

黃星找劉嘯聊天，無非就是兩件事，一是搜尋和wufeifan有關的線索，二是想弄清楚OTE進入張氏項目的真實意圖，現在看劉嘯也提供不出什麼有價值的線索，黃星又著急回去佈置排查的事情，聊了一會就要告辭。

黃星要走，劉嘯也坐不住了，他還著急著要去聯繫張春生，而劉晨兩天沒上班，封明那邊也堆了不少事情，三人的「茶話會」就此散會。

劉嘯雖然心裏著急，還是把兩人送到機場，他這次能這麼快撇清關係，劉晨和黃星出了不少力。

「回去吧！」劉晨和黃星買好票，站在登機口，囑咐劉嘯道：「如果你的案子有什麼反覆的話，記得通知我們！還有……」劉晨頓了頓，道：「如果張小花那邊有消息了，我會通知你的。」

「謝謝你了，劉晨！」

「謝什麼謝！」劉晨擺手，「好了，我們走了。」走沒多遠，劉晨突然又回頭大喊，「那個小尾巴狼的事，你的酬金我回頭給你！」

劉嘯大汗，忙道：「算了，互相幫忙，兩清了！」

辭別兩人，劉嘯飛快地朝家裏趕去，手機扣在警局，現在跑去要，怕是一時半會也拿不到手，還是先回家找自己的電話簿吧，所有的聯繫號碼，劉嘯都在電話簿上做了備份。

進門路過物業，劉嘯還問了句，「這兩天有人找我沒？」

物業的人看了劉嘯半天，也不知道是不是確認了劉嘯的身分，就咕噥了一句「沒有！」

劉嘯一看就知道物業沒把自己的事放在心上，咒罵一句，就上了樓，來到自己門口，掏出鑰匙，插進去，一擰，擰不動！

劉嘯抬頭一看樓層和門號，沒錯啊，再拔出鑰匙一看，是這把鑰匙啊，插進去再試，還是擰不動！

「靠！」劉嘯在門上恨恨地踢了一腳，真是人倒楣時，喝涼水都塞牙縫，劉嘯再使勁地擰了幾下，門還是擰不開！

「奶奶的！」劉嘯雙手插腰，沒轍，看來只好去請開鎖公司的人來了。沒有手機，還得下樓去找電話去，劉嘯鬱悶地拽出鑰匙，轉身又朝樓道口走去。

剛一轉身，門「喀哧」一聲開了。劉嘯嚇一跳，回頭去看，只見一人從門裏探出腦袋來。

「啊！你怎麼進去的？」劉嘯的眼睛都直了，衝到門口：「你什麼時候進去的？」

「別問那麼多了！」那人跳出來，直接把手伸到劉嘯口袋裏，「有錢沒？給我點！」

「幹什麼！」劉嘯敲了對方一個爆栗，「搶劫啊！」

「找錢吃飯啊！」張小花摸著腦袋，極度不爽地說道：「我都好長時間沒吃頓好的了，真是的，你家冰箱怎麼都不多放點吃的，你要是再不回來，我就要餓死在你家了。」

張小花把手從劉嘯口袋裏抽出來，目測了一下翻出來的錢，道：「總算是可以吃頓好的了！耶！」

劉嘯一聽，又是心疼，又是大汗，不過嘴上卻是兇道：「我說你怎麼回事？你就這麼跑出來，不怕把家裏人急死啊，你知不知道你爹都把封明鬧翻了！」

「兇什麼兇！你以為我願意跑出來啊！」張小花撇了撇嘴，「我老爸也太可恨了，只知道天天去學校逼我，也不知道給我送點錢，我把家底都吃光了，就只好到海城來投奔你了！好了，別說了，趕緊出去吃飯吧！」

劉嘯感覺自己腦袋像是被雷給劈了一下，這張氏父女還真是萬年難遇的人才啊，對峙起來是一個比一個絕，張春生為了讓張小花回家，是什麼法子都用，什麼後路都給堵上，而張小花就更絕，寧可千里奔襲來投靠外人，也絕不向張春生低頭。

劉嘯算是徹底服了，趕緊過去把門一拉，「走走走，吃飯去！」回頭又看了一眼門，問道：「剛才是你把門反鎖了？那你來的時候是怎麼進去的？」

「門沒鎖啊！」張小花把錢往自己兜裏一揣，「我來的時候，大門已經被人踹開了，我口袋僅有的錢，剛好給你換了個鎖。」張小花嘟囔道：「真倒楣，本想投奔你來的，結果還得搭錢進去。」

「切！」劉嘯心裏暗罵一句，這海城的警察太不厚道了，直接破門而入啊，完了還不把門給弄好，幸虧是張小花隨後就到了，不然家裡的東西大概早讓賊給搬空了。

「對了！」張小花終於回過神來，關心道：「誰把你門給踹了？你是不是在海城還有仇人啊？」

「有啥仇人？算了，這事等會兒再說，一時半會說不清楚！」劉嘯氣鼓鼓地又看了那門一眼，「你的電話呢，拿來！」

「沒了！」張小花聳肩。

「沒了？」劉嘯奇怪地看著張小花，「怎麼了？」

「我用手機換了輛自行車，要不然我還到不了海城呢！」張小花一臉得意，「你知道我是怎麼到海城的嗎？你猜猜，我敢保證你絕對想不到！」

「我想你個頭！」劉嘯的腦袋再次被雷劈了，真有才，用手機換自行車，「我拿電話，就是要告訴你老爹，找到你了，他現在正帶著人滿世界追那野驢團呢！」

「啊！」張小花詫異地看著劉嘯，「我老爸知道啦?!你怎麼知道他正在找我？你是不是回封明去了？」

「走走走！」劉嘯拽著張小花，「趕緊吃飯去吧，我算是服了你了！」

「你肯定是去過封明了，不然我老爸聯繫不到你的！」張小花一臉歡笑，跳上去挽住劉嘯的胳膊，「哈……，我就知道，只要你知道我失蹤的消息，一定會馬上跳出來的！走，吃飯吃飯，吃完我就給我老爸打電話！」

「你現在知道給你老爹打電話了？」劉嘯真是拿張小花沒轍了。

「我只是嚇唬嚇唬他，又沒真想讓他著急！」張小花白了一眼劉嘯，拖著他就往前走，「走快點，我告訴你，既然我投奔你來了，那我今後就歸你養了，不許把我餓瘦了！」

劉嘯大汗，連忙點頭。

兩人水足飯飽，張小花又給自己買了些日常用品，這才回去。劉嘯抽空趕緊給張春生打了個電話。張春生此刻身在雷江城，他剛剛把那野驢團給堵住，結果沒發現張小花，正愁著呢，劉嘯的電話就來了。

張春生一聽到張小花的聲音，心就像從冰窖裏回到了溫暖的春天，人激動得不成樣子，說自己會儘快折回海城來。

兩人回屋一直等到晚上，也沒等到張春生，劉嘯嘆了口氣，「看來你爹今天是沒法來了！怎辦呢？」

「啥怎辦？」張小花靠在床上，眼睛都沒離開電視！

「睡覺啊！」劉嘯撓著頭，「我以為他很快就能到呢！」

「反正我來是投奔你的！」張小花「警告」著劉嘯，「你休想把我趕出去！」

「得，當我沒說！」劉嘯過去抱起一床被褥，看來只能像上次一樣了，自己還是打地鋪吧。

鋪好被褥，劉嘯舒服地躺下去，腦袋挨著枕頭，才想起一件很重要的事，「對了，你是怎麼知道我住的地方的？」

「嘿嘿！」張小花得意地笑著，「你上次給我的那個隨身碟，裏面有個ＩＰ定位的工具，我在終結者論壇看見你那個『留校察看』的ＩＤ，一追蹤，就找到了！還跟我換手機號，我不照樣找到你了嗎！」

劉嘯恍然大悟，原來是這麼回事，心裏不禁開始琢磨。因為劉嘯上論壇的時候，是對自己的ＩＰ做了隱藏處理的，之所以被張小花給揪了出來，那是因為自己的隱藏技術，只有自己最清楚，而劉嘯設計的ＩＰ定位工具，可以自動追蹤一些經過隱藏處理的ＩＰ，劉嘯自己的隱藏技術當然包括在內。

劉嘯在地上翻了個身，看來駭客最大的敵人就是自己本身了，而駭客平時最應該嚴加防範的，反而是自己製造的那些工具。既然張小花能這樣追蹤到自己，那自己是不是也可以利用同樣的辦法追蹤到wufeifan呢？

劉嘯心裏開始胡亂地設想著，看能不能通過什麼方式，讓wufeifan自己把自己暴露出來。

想著想著，劉嘯不知不覺睡著了，張小花還趴在床沿上，滔滔不絕地講著自己從封明到海城的驚險故事，劉嘯不時地哼兩聲，表示自己在聽，結果睡了過去。

早上起來，劉嘯一看，張小花居然還保持著趴睡的姿勢，劉嘯起身把張小花挪好，把張小花也弄醒了，「幾點了？」

「八點多了！」劉嘯重新給張小花蓋好被子，「我要出去一趟，你去不去？」

「不去！」張小花翻了個身子，「我好睏，再睡一會兒！」

劉嘯笑著搖頭，匆匆洗漱了一下，然後出門直奔公安局去了，他得要回自己的電腦和電話啊。

請續看《首席駭客》四 駭客聖殿

首席駭客 三 幕後高人

作者：銀河九天
發行人：陳曉林
出版所：風雲時代出版股份有限公司
地址：105台北市民生東路五段178號7樓之3
風雲書網：http://www.eastbooks.com.tw
官方部落格：http://eastbooks.pixnet.net/blog
Facebook：http://www.facebook.com/h7560949
信箱：h7560949@ms15.hinet.net
郵撥帳號：12043291
服務專線：(02)27560949
傳真專線：(02)27653799
執行主編：朱墨菲
美術編輯：吳宗潔

法律顧問：永然法律事務所 李永然律師
北辰著作權事務所 蕭雄淋律師

版權授權：蔡雷平
初版日期：2015年8月
初版二刷：2015年8月20日
ISBN：978-986-352-181-5

總 經 銷：成信文化事業股份有限公司
地　址：新北市新店區中正路四維巷二弄2號4樓
電　話：(02)2219-2080

行政院新聞局局版台業字第3595號 營利事業統一編號22759935

定價：280元　特惠價：199元

國家圖書館出版品預行編目資料

首席駭客／銀河九天 著. -- 初版. -- 臺北市：
風雲時代，2015.04- 冊；公分

ISBN 978-986-352-181-5（第3冊；平裝）

857.7　　104005339